喜乐与我系列

喜乐季

Shiloh Season

[美] 菲琳丝·那勒/著　陈欣妍/译

天津出版传媒集团
新蕾出版社

图书在版编目(CIP)数据

喜乐季 / (美)那勒(Naylor,P.R.)著;陈欣妍译.
-- 天津:新蕾出版社,2016.1(2024.2重印)
(喜乐与我系列)
书名原文:SHILOH SEASON
ISBN 978-7-5307-6355-1

Ⅰ.①喜… Ⅱ.①那…②陈… Ⅲ.①儿童文学-中篇小说-美国-现代 Ⅳ.①I712.84

中国版本图书馆CIP数据核字(2015)第311068号

Chinese language (simplified characters) copyright © 2016 by New Buds Publishing House (Tianjin) Limited Company. Original English language copyright © 1996 Published by arrangement with Atheneum Books For Young Readers, an imprint of Simon & Schuster Children´s Publishing Division.All rights reserved. No part of this book may be reproduced or transmitted in any form or by any means, electronic or mechanical, including photocopying, recording or by any information storage and retrieval system, without permission in writing from the Publisher.
津图登字:02-201-118

出版发行	: 天津出版传媒集团 新蕾出版社
	e-mail:newbuds@public.tpt.tj.cn
	http://www.newbuds.cn
地 址	:天津市和平区西康路35号(300051)
出 版 人	:马玉秀
电 话	:总编办(022)23332422
	发行部(022)23332351 23332679
传 真	:(022)23332422
经 销	:全国新华书店
印 刷	:天津新华印务有限公司
开 本	:880mm×1230mm 1/32
字 数	:56千字
印 张	:5
版 次	:2016年1月第1版 2024年2月第10次印刷
定 价	:20.00元

著作权所有,请勿擅用本书制作各类出版物,违者必究。
如发现印、装质量问题,影响阅读,请与本社发行部联系调换。
地址:天津市和平区西康路35号
电话:(022)23332677 邮编:300051

Shiloh Season

目 录

001　第一章　醉酒的贾德

011　第二章　泰尔伯特小姐

019　第三章　到大卫家过夜

026　第四章　贾德的威胁

038　第五章　勇闯"恶人谷"

048　第六章　向贾德坦白

059　第七章　贾德告状

070　第八章　贝琪失踪

076　第九章　喜乐立功

084　第十章　狂犬疫苗

092　第十一章　恶狗的袭击

101　第十二章　近在咫尺的枪声

113　第十三章　真相与谎言

123　第十四章　恶人的劫难

130　第十五章　贾德的身世

142　第十六章　喜乐的拜访

第一章 醉酒的贾德

自从喜乐来到我家,发生了两件事。一件事起初让人犯愁,不过结局倒很圆满。另一件事开端还不错,可接下来却不尽如人意……唉,真是一言难尽啊。

在西弗吉尼亚的友谊山一带,几乎人人都知道贾德·崔佛斯、他的狗还有我之间发生的事。贾德·崔佛斯买来这只比尔格猎犬替他打猎,却总是虐待它,对它又踢又骂。他的狗一次次离家出逃,跑到我这儿。我在林子里搭起围栏让它藏身,还给它起了名字叫喜乐。但这也成了我如芒在背的秘密。后来,一条德国牧羊犬跳进围栏把喜乐咬伤了,我爸爸开车把喜乐送到墨菲医生的诊所,给它缝好伤口进行治疗,喜乐才终于活了下来。但秘密也因此曝了光。

之后由于我的朋友大卫·霍华嘴巴不紧,消息传到姊妹谷,连那儿的人都知道了我为换来喜乐,替贾德干了两

喜乐季

个星期的活儿。但无论如何,现在,它是我的了,是我们全家人的了!爸爸、妈妈、黛拉琳还有贝琪,大家那么疼爱它,以至于有时喜乐都快承受不住了。它开心地把尾巴摇得飞快,简直像一个要起飞的螺旋桨。

不管怎样,一件起初让人发愁的事圆满解决了。我答应墨菲医生把赚来的每一分钱都用来偿还喜乐的医疗费。但我整个夏天收集的玻璃瓶和铝罐,总共只为我挣了两美元七十美分。

我把这笔钱拿给墨菲医生,希望可以从那笔欠账上销掉一小部分。没想到他告诉我,可以用打工来偿还剩余的钱,就像我为贾德干活儿那样。这是贾德同意把喜乐让给我之后,我听到的最棒的消息了。

而另一件事,开端还不错,现在却越来越不容乐观:本来我以为我和贾德之间的风波已经平息,因为他已经同意把喜乐交给我,还给了我一副喜乐用的项圈,可令人担忧的是,他开始酗酒了。

他以前也不是滴酒不沾。瞧瞧他那连腰带都收不住的、西瓜般滚圆的肚子就知道了。可是现在,他喝得更凶了。

有一次,我给墨菲医生干完活儿,走在回家的路上,喜乐跟在我脚旁,一会儿前一会儿后地小步跑着。它东嗅嗅,西闻闻,每一样东西都足以吸引它凑上前去。它忙得不亦乎乎,腿脚都不够用了。估计刚才我在医生那里干活儿时,它都跑到小溪下游玩去了。不过它总是跑远玩一阵儿又很快返回来,让你感觉它一直没有离开过。

我沿着公路溜达。喜乐此时满心欢喜,它全身湿漉漉的,皮毛柔顺光亮,肚子也饱饱的。生活多美好啊。

就在这时,我听见身后有卡车驶来的声响。从声音判断,这车开得不同寻常的快。我回过头去看,直觉告诉我,如果对方不减速,那车子会径直朝我们冲过来,然后从我们身上轧过去。很快我就看清了,那是贾德·崔佛斯的卡车。

我紧跑两步,蹬腿,腾空起跳,扑进旁边的田地。这是我跳入中岛溪时常用的动作。我的身体结结实实地着了地,空气好像都被从肺里挤了出去,有那么几秒钟我甚至觉得没法儿呼吸。我看到那辆卡车又往前开了几十米,然后歪歪扭扭地掉转车头,朝公路的另一端驶去,一直开到桥头才减速慢下来。

喜乐飞快地跑到我身边,舔着我的脸,确认我是否安然无恙。重重疑问像迷雾一样笼罩在我脑海里:贾德是成心要撞我的吗?还是他压根儿就没看见我?他有那么醉吗?如果当时是喜乐在我后面,那我心爱的狗岂不是没命了?

"贾德开车差点儿把我撞翻了!"吃晚饭的时候,我说。

"贾德?什么?!"妈妈惊讶地问。

喜乐季

我把发生的事讲给家里人听。

"他是故意这么干的吗?"黛拉琳问。

妈妈把白色菜豆放到她的玉米面包上,菜豆里拌了小片的红色火腿肉。黛拉琳正在数她盘子里有几片火腿,看是不是跟我盘子里的一样多。

"我不知道。"我回答她。

妈妈看着爸爸,"这事很严重,雷。"

爸爸点点头,"看来我听到的没错。他们说贾德常常光顾本斯伦附近的一家酒馆,平日晚上和周末都泡在那里。"

妈妈担心起来。"马提,你最好别到公路上去。"她说,"黛拉琳,你也一样,听到他的卡车来了,就离他远远的。"

"他如果一直这样,早晚得被逮起来。"我说。

"他怎么突然间开始酗酒了呢?"谁都知道,一个人酗酒意味着他满心烦恼。

"大概他是渴了!"三岁的贝琪这么解释。她这一句话把我们都逗笑了。

黛拉琳也在乐,其实她说的话也常常很幼稚,虽然她已经七岁了。我比黛拉琳大四岁,爸爸妈妈总说我得给妹妹们做个榜样,这也是为什么当发现我在房后的树林里私藏贾德的狗时,他们那么忧心。

妈妈说:"我想,贾德喝酒是因为他不开心。"

她往一片玉米面包上均匀地涂上黄油,然后慢条斯理地咬了一口。

"可能他想喜乐了？"贝琪又想博大家一笑。但我可不爱听这话。

"为什么？"黛拉琳问，"还有那么多其他的狗陪着他呢。"

妈妈若有所思地嚼着面包。"我想，他冷静下来思考时，还是对这事心怀芥蒂。"她说，"他的狗一次次跑来投奔你，马提，而且你为了换回喜乐给他打杂工，哪怕他管你叫傻瓜。我想当他对着镜子反思时，一定觉得那形象难看得很呢。"

贝琪使劲点着头，"贾德就是很难看。"她一本正经、神情严肃的样子，又把我们逗乐了。

爸爸把面包掰碎了和盘子里的一堆豆子拌在一起吃了下去。我注意到在我们谈话的时候，只有他没有笑。

"贾德最近在我们的林子里打过猎，这让我很担心。我想他大概是打了兔子。我在林子里发现一只啤酒罐，是贾德常喝的牌子。昨天我还听到几声枪响，上周末也有。"

"我们已经在林子里立了牌子了！"妈妈说。我们在私人领地周围树立了禁止狩猎的标志牌，可难免有偷猎者悄悄闯入林子，甚至踏入山那边的草地。

妈妈注视着爸爸，"雷，你得告诉他！不管怎样，我可不想看见他醉醺醺地上这儿来开枪。他的子弹没准儿会飞到

屋子里来。"

"我会找他谈谈。"爸爸说。

我默默吃完了盘里的豆子,本想再添一份,可这会儿觉得没胃口了。我走到屋外,坐在台阶上。九月的空气真是温暖又清爽,我喜欢秋风微拂的感觉。

喜乐蜷缩在我怀中。它长舒了一口气,心满意足地闭目养神。

有一件事爸爸妈妈并不知道,甚至除了贾德·崔佛斯和我以外没人知道。其实贾德同意我带走喜乐的唯一原因是:我看见他在禁猎期开枪打死了一只鹿——一只雌鹿。当他得知我可能会向狩猎监察官报告这件事时,才答应喜乐归我,但条件是我必须对他偷猎的事闭口不提,外加给他打两周的零工。我敢打赌贾德一定彻夜不眠地琢磨挑什么苦活儿来让我干,不过那些没一样能难住我。好在最后他把喜乐交给我了,所以,我得信守承诺,哪怕当初我不该向他承诺什么。再说现在讲出这个秘密也没什么用,猎杀那只雌鹿的证据早就不复存在了。

我靠着门廊的柱子,轻轻抚摸喜乐的头,它的毛像玉米穗一样顺滑。我思索着,我和贾德曾经也算是盟友吧,当然,跟他那样的人很难成为真正的朋友。我本来不必再有什么可担心的,但是妈妈说喝了酒的人会干出出格的事,那喝了酒的贾德不就像一个随时可能引爆的炸弹吗?他也

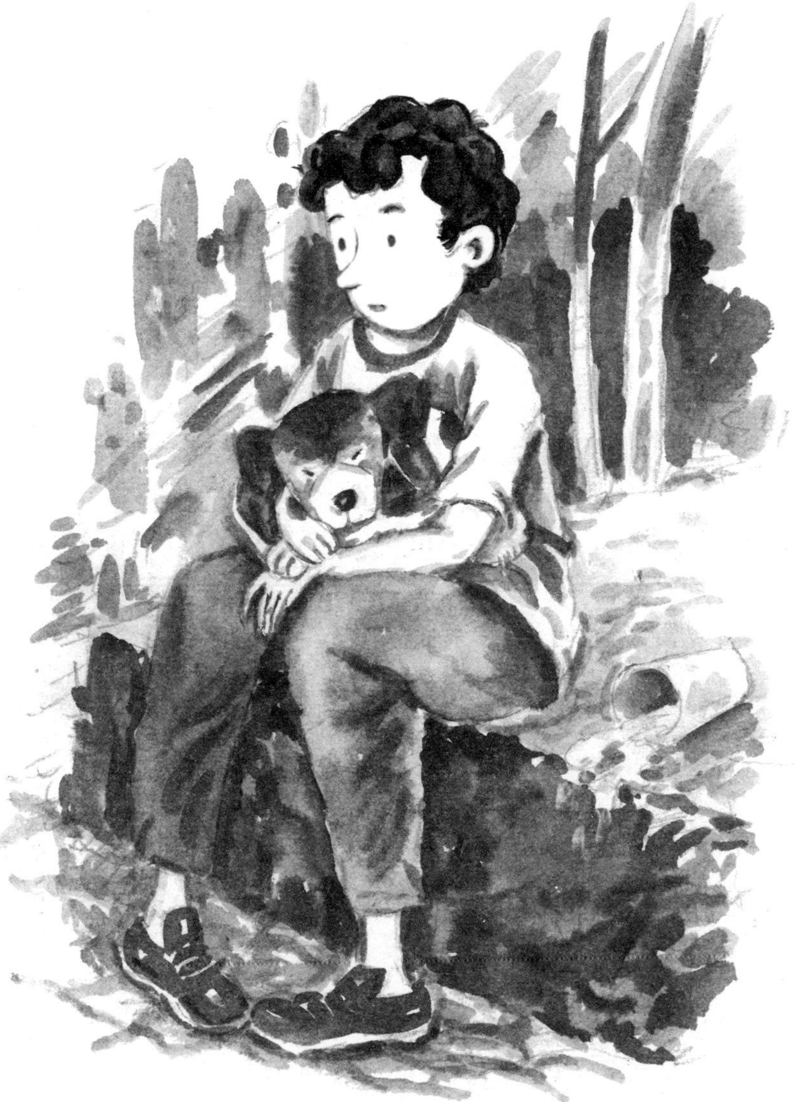

许不会恶意开车或开枪来伤害喜乐,可万一他跑到我们的林子里打猎,而喜乐刚好经过,万一贾德一看见活物就举枪射击呢?

爸爸吃完晚饭,拿着那个在树林里发现的啤酒罐走了出来。他把啤酒罐放在吉普车的副驾驶座位上,然后开车出发了。车开出了我家门口的车道,我看见它在公路边停顿了一下,然后朝右拐,开过磨坊,穿过了那座生锈的桥。过了桥就是喜乐小学的旧校舍,打我记事起那里就关闭不用了。爸爸的车已经开出了我的视线。我知道,再过两三分钟,它就会停在贾德居住的简易房前。

我仔细注意着远方的动静。没错,大约两分钟后,贾德家的方向突然响起了狗吠声,看来爸爸已经到了。那些狗都凶猛冷酷,平常都被贾德用铁链牢牢地拴住,只有出去狩猎的时候才被解开。

我想象着,这会儿贾德应该正往窗外瞧,看是谁在周日晚上七点还开车前来拜访他,然后穿着睡衣出来开门。

爸爸会沿着木板搭成的便道走到贾德家门口的台阶上。他俩会站在那里,聊聊这几日的天气、今年秋天喜人的苹果收成,以及何时县里才会修补桥边的大坑。寒暄一番之后,爸爸会把那个啤酒罐拿给贾德看。他会说,他知道贾德不是故意跑到我家树林里打猎的,但他认出了这个啤酒罐是贾德的,他还听到几声枪响。他会告诉贾德,如果贾德不再到我们的林子里狩猎,他将不胜感激。他不愿找麻烦,但是他得呵护好他的孩子们。对于贾德将会如何回答,我在脑海里想象了十几种不同的版本,不过没有一个版本是和颜悦色的。我只好强制自己别再为此纠结了。我的手轻柔缓慢地在喜乐头顶摩挲。它的眼神告诉我,它很喜欢这样。如果喜乐是只猫,它肯定会享受地低声喵喵叫。

贝琪从屋里出来坐在我旁边。她提起裙角,让凉爽的风吹拂她的肚子。"贝琪,你不能这样。"我告诫她。你得及早教给她一些规矩,否则没准儿什么时候她会在姊妹谷做出同样的蠢事,这一点毫无疑问。

"为什么?"贝琪摆出一副伶牙俐齿的模样,把脸凑到我跟前。

"因为这样会露出你的内衣,很不淑女。"

黛拉琳吃着手心里的一把玉米面包渣,来到门廊上。她听到了我和贝琪的谈话。看她的眼神就知道,她又要恶作剧了。她往短裤上揩揩手,把两个大拇指插到裤腰的松紧带里,用力撑开,再放手,"啪——嚓——啪——"她把内外两条裤子弄得噼啪作响,真是成心气我。

当然了,这可把贝琪逗乐了,她也效仿起来。这俩人疯玩着,发出嘎嘎的笑声。世界上最怪异的人就是女孩子了,有时候我真这么想。

过了不久,我听到吉普车开来的声音。黛拉琳也听见

了,她停止了恶作剧。贝琪也不闹了。我们都望着爸爸那辆用来送邮件的吉普车开过那座老旧生锈的桥,顺原路返回,拐进了门前的车道。

妈妈从屋里出来,走到门廊处,双手搭在腰上。

"怎么样?"爸爸从车里下来时,她问,"他怎么说?"

爸爸没有立刻回答。他只是走到屋子后面,把那个啤酒罐丢进了我们的垃圾桶。"我看孩子们这段时间最好不要到树林里去玩了。"他说。

爸爸进了屋,妈妈注视着他的背影。

第二章 泰尔伯特小姐

泰尔伯特小姐是今年新来的老师,教我们六年级。她很年轻,比妈妈还要小。她的颧骨高高的,头顶的头发向后梳起,用发夹固定住,剩下的头发垂在肩上,这些地方跟妈妈真的很像。

大卫和我紧挨着坐在一起。泰尔伯特小姐说我们可以选喜欢的位子坐,但我们得考虑能在自己选择的位子上坐多久。直说吧,一旦我们惹了什么麻烦,估计还没等椅子坐热,她就得给我们调换座位了。

由于她还不知道大家的名字,所以开学第一天,她让我们做一下自我介绍。没想到,有些人净说些不着边际的事。

萨拉·彼得斯说起去年她摔了一大跤,磕掉了一颗牙齿。现在谁还会关注这事?那颗牙早就修补好了,哪还看得

喜乐季

出来!

弗雷德·奈尔斯说他们家来了个新保姆,这哪算得上什么重大新闻!他家已经有五个保姆啦!

接着大卫告诉我们,八月底的最后一周他们全家坐飞机去了丹佛,那里也叫"空中之城",因为它的州议会大厦悬在一千五百米高的空中。但是全班同学都不信。泰尔伯特小姐拿出了百科全书,证实他说得没错。接着她告诉我们:在西弗吉尼亚也有一个丹佛。这我们以前可不知道。事实上,地球上确实有两个丹佛,一个在普雷斯顿,另一个在马绍尔。泰尔伯特小姐的姐姐就住在其中的一个丹佛。

轮到我的时候,我讲了有关喜乐的事,也讲到我为了得到它干了两周的杂活儿。接着迈克尔·肖尔特提到有个醉汉常驾车从他家的房前经过,有一次甚至撞倒了他家的信箱。

大伙儿开始低声地议论,渐渐地整间教室此起彼伏地传递着一个名字:"贾德……贾德……贾德……"

泰尔伯特小姐不认识贾德,也许她以为那是某个同学的爸爸。所以她只是说,希望不管这个人是谁,他下回可不应该再有酒后驾车的念头,因为那很有可能撞到孩子或者小狗。由于只有我一个人提到了小狗的事,她特别看了看我。而这更让我惦记起了喜乐,一想到它得独自在家度过一整天,我就有点儿担心。有几回我想在上学时把喜乐留在房间里。可妈妈说,如果你爱一个人,就不应该把他禁锢起来,特别是像喜乐这样喜欢跑跑跳跳的小狗,你就更不应该这样对待它了。所以,爱就意味着担忧。

每天放学后,我们的校车从姊妹谷启程,沿着俄亥俄河一路开到友谊山,然后转弯拐上通往喜乐小学旧校舍的路。就是在那儿,我发现了这只小狗,这也是我给它起名叫喜乐的原因。孩子们陆陆续续下车回家,有时甚至是两三个人挤着从校车上下来的。大卫当然得在友谊山下车,接着是萨拉和另外几个孩子,然后是迈克尔和弗雷德,最后才是黛拉琳和我。校车会一直开到老磨粉厂,然后才掉头离去。

每当这个时候,喜乐都撒着欢儿,冲刺似的跑过来迎接我们。它总是一猛子冲过来,常常脚底打滑,身体刹不住车,爪子下石子飞扬。不过每次它都确保能在我和黛拉琳迈下车门的那一刻站在我们面前,准备用它的大舌头来帮我们"洗脸"。

我爱喜乐胜过爱我生命中的任何其他东西。哦,除了爸爸妈妈,还有贝琪,还有……哦……好吧,还有黛拉琳。一天夜里我梦到贾德·崔佛斯出现在我面前,拿着枪,威胁说要朝喜乐或者黛拉琳开枪,但是选谁好呢?我惊醒了,一身冷汗,还好在我的梦中,他还没做出决定呢。假设他决定朝黛拉琳开枪(这极有可能),我还是会去救她的,那么,她

喜乐季

可得用她的后半生好好报答我了。

  我从饭盒里拿出一小块午餐省下来的三明治,开始逗喜乐玩。我趴在草坪上,把三明治掬在掌心里,压在胸口下面。喜乐要想方设法把我拱到一边,才能吃到面包碎屑和里面的一点儿火腿。

  不过,每次它成功之后,还得忍受黛拉琳送给它的亲密拥抱。

"我聪明的喜乐,宝贝甜心,你吃得怎么样?"她唱着歌,像抱小婴儿似的把喜乐搂在怀里。喜乐用舌头把她的脸蛋舔得干干净净,特别是她的嘴角,那儿还留着午餐的味道。

说真的,太恶心了。我实在没法儿看下去了,于是起身回家。黛拉琳追在我屁股后面。

这天贝琪正在门廊一侧玩耍,好像在摆弄一架飞机,要么就是条小船。我进屋时,妈妈正在跟赫蒂姑妈通电话。赫蒂姑妈是爸爸的姐姐,她住在克拉克斯堡。这是我们家三年来第一次用电话。

自从奶奶生病,赫蒂姑妈负责照顾奶奶,爸爸则承担了所有花销。三年前奶奶开始神志不清,赫蒂姑妈不得不请了一位护工,这样在她外出上班时,奶奶就有人照顾了。爸爸则把家里平时节省下来的钱都用来支付护工的酬劳。所以电话对于我们来说算是奢侈品了。

但是上个月,奶奶中风了,她仅剩的那点儿清醒的思维也丧失了。不仅如此,她还肾脏衰竭,行动无法自理。赫蒂姑妈为了照顾她,整夜都不能入眠,白天还得去工作。"你母亲需要更多的陪护。"大夫叮嘱赫蒂姑妈。于是爸爸开车赶了过去,和赫蒂姑妈一起把奶奶送到了护理院。由于奶奶名下没有任何财产,政府就承担了相关的费用。这

喜乐季

样,家里又宽裕了一点儿,可以用得起电话和一些以前难以支付的东西了。

黛拉琳和我坐在桌边,一边吃饼干,一边听妈妈打电话。

"她做出了这种事,赫蒂?哦,天哪,接下来该怎么办啊?"妈妈说。

贝琪进来了,我们拿给她一块饼干。妈妈很快打完了电话。我问:"发生了什么事?"

妈妈摇了摇头说:"你们三个人得答应我,如果有一天我变得疯狂古怪,你们要记住我现在正常的样子。"

黛拉琳眼睛里闪着恶作剧的神色说:"我会记住你疯狂的模样!"

"奶奶怎样了?"我问,"她坐着轮椅还会惹出什么麻烦吗?"

妈妈叹了口气,"她摇着轮椅跑到不该去的地方了——男卫生间。她总认为爷爷还活着,是别人把他给藏起来了。"

贝琪吃惊地瞪圆了眼睛,黛拉琳喷笑出来,我强忍住没咧嘴乐。

"赫蒂姑妈担心如果奶奶不能乖乖的,护理院就不能收留她了。不过护士们知道该如何处理,她们能理解这种情况……"

电话带来的一个好处是,它能帮我们更有计划地安排事情。以前我要是想对大卫说什么话,得先告诉爸爸,他去送信时会捎话给他。之后的一整天我都要在等待中度过,直到爸爸下班回家,我才能得到回信。

但是现在,只要电话铃一响,每个人都抢着去接。

要是贝琪抢先接起电话,她会把嘴巴贴在话筒上,细声细气地说:"嗨,我是贝琪。我三岁啦。我……有一只狗……"你得使出九牛二虎之力才能夺下她手中的电话。

电话又响了,我接了起来,是大卫。

"周五晚上你在我家过夜,周六我到你家,如何?"他说。

我征求妈妈的意见,她说如果我能保证不弄脏我的短裤和袜子,她就同意。

于是,周五早晨上学前,我把我的洗漱用品装进书包里。喜乐照常把我和黛拉琳送到门口车道的尽头,我想象着它下午看不见我从校车上下来的身影会是什么反应。

于是我在喜乐旁边的草坪上蹲了下来。"听着,喜乐,"我对它说,"今天晚上我不回家了,我到大卫家过夜。不过明天我就回来了,好吗?"它一副似懂非懂的神情。

校车在路口拐了个弯,向我们驶来。喜乐汪汪叫着往后缩。它可不喜欢这个黄色的怪兽。从周一到周五,这怪兽

喜乐季

每天早晨把孩子们吞进肚子里,下午放学时再张开大嘴把我们吐出来。

上车后,我总会走到后窗往外张望。所以我知道,等车转了弯,喜乐就会垂着尾巴,沿着我家的车道返回,每走几步还会停下来,恋恋不舍地回头看看。

尽管大卫是我的亲密伙伴,我也喜欢上他家去玩,但是一想到喜乐整晚都没有我陪在身边,我心里还是有点儿不踏实,万一贾德夜里出现在我家呢?

第三章　到大卫家过夜

周五是个好日子,孩子们为即将到来的周末而蠢蠢欲动。每到周末,我们就会沿着中岛溪两岸嬉闹,如果水深,可以借船划到溪中的某个小岛去玩;要是水浅,就干脆蹚水过去。

有意思的是,打我记事以来,妈妈总是把中岛溪叫作"河"。爸爸告诉我,头一次带妈妈来这儿时是他们婚后不久。第一眼看到中岛溪,妈妈就说:"这哪是什么小溪,分明就是一条宽阔的河。"所以我们这帮孩子有时也搞不清楚,也会把中岛溪称作"河"。

周五放学回家的校车上,迈克尔又讲了一件发生在贾德身上的事。他说几天前的一个夜里,贾德在本斯伦和人打起来了。我没等听到事情的结局,就得和大卫一同下车了。黛拉琳还在车上,她这次得独自坐车回家了。

喜乐季

大卫家总是让我觉得很新奇。这是一座大房子,里面被分隔成了一些各不相同的房间。大卫拥有一个自己的独立卧室。大房子里有一个房间是专门用来摆放大卫爸爸的书和电脑的,还有一间屋子专门用来养花花草草。后来我跟妈妈说起这事时,她说这房子要是她的,她会把那些植物放到户外,那儿才是它们本来应该待的地儿,这样房子里就有更多空间留给人使用了。

在大卫家吃饭也很是讲究。饭菜倒不见得比我们家的更美味,但是霍华夫人在每个碟子底下都衬上精致的餐垫,餐巾都卷起来,用塑料环固定。我不明白这些该如何摆弄,吃饭前还得先观察一下别人怎么做才敢开动。

不过他的家人都很和善。霍华先生在《泰勒之星新闻周刊》工作,跟我聊了好久关于篮球的事,其实我更喜欢棒球,但他总记不清我的爱好。他问我要不要玩纽约尼克斯队的踢球游戏,我瞅了瞅我的白袜子,摇摇头拒绝了。

霍华夫人是个老师,她一旦发现什么错误,就忍不住要纠正。

吃饭的时候,我说:"每天早晨,喜乐都不宁愿看我上校车。"此时,霍华夫人正在给我们分甜点。

"马提,是'不情愿'吧?"她说,"它不情愿看你上校车?"

"对,不宁愿。"我目不转睛地盯着巧克力派,大卫咯咯地笑我,我知道自己又犯错了。

吃过饭,我和大卫还有一群孩子一起踢罐头玩,一直玩到天黑。后来我们回到屋里,霍华先生教了我几招国际象棋的秘诀。接着我们又吃了夜宵,看了一张名叫《回家》的影碟。然后我们轮流洗澡,并负责擦干净地板。

那天晚上,我躺在大卫的上铺,居然有点儿想家,连我自己都不能相信。我一直在想:家里人吃的什么晚餐?电话铃有没有响?谁会去接电话?这次奶奶会做出什么离谱的事?喜乐是不是还守在门口,等着我回家?

我想妈妈今晚一定会对喜乐格外关怀。所有人都不知道,在喜乐养伤期间,我曾看见妈妈一大早坐在隔壁房间的摇椅里,把喜乐放在腿上,轻轻地边摇边唱,好像哄小宝宝似的。我猜,妈妈这是在预习她的晚年生活,为我们长大成人离开家做准备。

好一阵都没听到大卫在下铺有什么动静了,他可能已经进入梦乡。这一天我们玩得很痛快,他肯定很累了。

我可不累。屋外隔几分钟就有汽车开过的声音,车前灯的光线照在房间的墙壁上,搅得我难以入睡。我侧身躺着,就在快闭眼睡着时,眼前十厘米左右的地方倏地冒出一张可怕的脸:红眼睛,绿舌头,上下晃动,那是一个飘浮的脑袋。

我吓得失声惊叫起来,紧接着就听见大卫在下铺笑得

喜乐季

上气不接下气。

"安静睡吧,小伙子们。"门口传来霍华先生的声音。

可我很好奇,大卫究竟是怎么鼓捣出这个东西的?于是我顺着梯子爬下去,挤上他的床,拍他的胳膊。他把头埋到被子里,笑个不停。

"你是怎么做到的?"我压低声音问他。

大卫拿出一个万圣节的橡胶面具罩在脸上,把手电筒放在下巴处往上照,然后来回晃动身体,手电筒的光都聚在面具上,一个可怕的飘浮的头颅就出现了。我寻思着什么时候用这个吓吓黛拉琳,哈哈,都有点儿等不及了。

我们并排躺在大卫的床上,聊起学校的趣闻逸事,包括放学时校车上迈克尔讲到的贾德打架的事。我们谈到贾德最近总是一副醉醺醺的样子,我还告诉大卫,妈妈说贾德不喜欢自己在镜子里的模样。

大卫起身,用一只手撑着头。我在黑暗中依稀能看见他的脸,他眼睛瞪得老圆。

"你知道那意味着什么吗?"他说。

"什么?"

"他是个吸血鬼!"他的眼珠都快迸出来了。尽管他自己也知道这么说有多离谱,不过他也控制不了自己的想象力。

"你太夸张了。"我说。

"吸血鬼可不喜欢镜子。他们一照镜子就会死。"

"如果他是吸血鬼,他根本就不会有镜子!"我告诉大卫。

"噢。"大卫说着,又躺了下去。过了一分钟,他嗖的一下坐起来。

"他是狼人?"他说。

"大卫,你怎么和我奶奶一样糊涂了?"话刚说出口,我

就后悔了,毕竟奶奶也不想变成那样。

但是大卫又兴奋起来,"马提,这样才说得通!他在镜子里看见自己的皮毛和尖牙,他就发狂了。唯一能确认他是狼人的办法是……"

他的后半句还没出口,我就知道他要说什么。

"明天晚上我不是要住在你家吗,到时候我们去贾德那儿考察一番怎么样?"

"好。"我答应了。

其实大卫并不像我那么关心贾德到底是不是狼人,他只是喜欢做特工时惊险刺激的感觉。

我爬回上铺,没过多久就听见了大卫的鼾声。很快我也睡着了。

不知过了多久,突然间,在一片漆黑中,我听到一声尖叫。

我猛地睁开眼睛,那声尖叫似乎还在空气中回响。

我一时有点儿迷糊,不知自己身在何处。这床很平整,不像我们家的沙发那么凹凸不平。接着我记起自己是在大卫家,刚才那一声尖叫是我自己发出的,不知道有没有吵醒大卫。

我做了一个梦,梦境里的一切是那么真实。我梦到自己从床上起来,走回了家。时间大概是清晨,天色透着一点儿亮。我希望妈妈已经起床,能告诉我喜乐一切都好。可是好像没人起来,我看见喜乐睡在门廊。

啊,它一切都好。我松了口气。

一切看上去平静而自然。可是当我走近房子,却看见灌木丛中伸出一根细长的棍,看着像是掉落的树枝。不过我很快就看清了,那根本不是什么细棍,而是一支枪,一支正瞄准喜乐的猎枪。

但是在梦中你的腿动弹不得,你想拼命大喊却发不出声音。

不过我应该真的发出声音了,因为马上我就听到过道传来脚步声,我们的房门咔嗒一声开了。

"你们没事吧?"霍华先生的声音非常温柔。

"没事,"我回答,"一切都好。"

霍华先生重新关好门。

我看了看时钟,四点五十分。真希望马上天亮,好回去看看我的喜乐怎么样了。

第四章　贾德的威胁

第二天一早,爸爸就开着吉普车来接我回家。爸爸每周工作六天,他到姊妹谷的二百八十户人家收发信件后,还要再去友谊山的三百六十多户人家。

因此我们就不能直接回家了。爸爸会在每一家的信箱前停下来,我就在旁边等着。我本来可以步行回去,但是我真的很乐意帮爸爸打开信箱,把邮件塞进去。

其实我最喜欢的是在信箱里发现信箱主人留给爸爸的礼物,那常常是一条香蕉面包或者一块苹果派。大家喜爱我爸爸,因为他总是风雨无阻地为他们收发邮件,即使刮风下雪,也从不耽搁,哪怕工作到晚上七点,也要把当天的信件成功送达。

给大卫·霍华家送完信,我坐到副驾驶的座位上,问爸爸:"喜乐还好吗?"

爸爸准备开车前往下一户人家。"今天早晨我看它挺好的。"他说,"怎么了?"

"没什么,我就是想了解它的情况。"我告诉他。

"你和大卫玩得开心吗?"

"当然啦,那还用说。"

我们的下一站是埃里森夫人的家。我很期待打开她的信箱,因为她几乎每天都会为爸爸留一块蛋糕。我充满期待地伸手进去,拿出一条包裹在锡箔纸里的面包。我已经开始流口水了。面包上贴了个标签,写着:西葫面包。

"这不是毁了美味的面包吗?"我说,"谁会在面包里放西葫呢?"

爸爸扑哧一下乐了,"你尝尝,绝对吃不出西葫的味道。"不过我还是决定不吃了,在霍华先生家早餐吃的核桃华夫饼干,够我坚持一个上午的了。

我准备好下一家要投递的信件,然后转头问爸爸:"你知不知道在西弗吉尼亚有两个丹佛?"

"再多几个我都不觉得惊奇。"他说。

"在同一个州内怎么会有两个地方重名呢?"我问。

"如果你想别出心裁,你可以随便给一个地方起你喜欢的名字。"爸爸说,"如果愿意的话,我们也可以管我们那儿叫丹佛。"

"那能不能管那儿叫纽约或者芝加哥?"

"我看行。不过这只能使友谊山的邮政所长笑得岔了气。"爸爸说。

我把邮件投进埃里森夫人的信箱,又把信箱侧面的小红旗竖了起来,这样人们就可以一目了然地知道有信来了。我继续和爸爸聊天儿:"上周六你去贾德家,发生了什么事?"

爸爸叹了口气说:"只能说贾德当时有些失控了。"

"那天他又醉了,是不是?"

"是的,他没少喝。"

"他有没有承认在我们的树林里打猎?"

"我们之间的谈话没能按我预想的进行。"

"那他说了些什么?"

"他念念有词地说你夺走了他最好的猎犬。真是一派胡言!"

我胸口一阵发紧。这是我最不愿听到的事。

"我的喜乐是光明正大得来的!"我说。

"当然。就当他的话是无稽之谈。不过,在这件事平息之前,你、贝琪,还有黛拉琳,都不要到树林里去玩了,也不要去山坡上的草地那里。下次如果再听到枪响,我会立刻赶去查看的。"

爸爸的话并没有让我感到轻松。

不过,在这个温暖的秋日,和爸爸一起开车兜风还是很惬意的。微风从一侧的车窗吹进来,拂过车厢,又从另一侧飘出去,我喜欢这种感觉。当车快到家门口的车道时,我决定这次先不回家。我要跟爸爸一起过桥,到贾德家附近去送信。我希望碰到贾德,让他有第二次机会冲我吐一吐心中的积怨。没准儿把话说开了彼此就相安无事了。

我们的车开近了贾德的家。那是个棕白相间的简易房,屋顶锈迹斑斑。屋外没有贾德的身影,但他应该没出去狩猎,因为他的三只狗都拴在那儿。看见吉普车来了,这些狗疯了似的,龇着牙又跳又叫,把铁链拽得哗哗响。

我把邮件投进贾德的信箱,望了望他家的门,希望他听到动静能走出来。我敢肯定他在家,因为他的卡车就停在外面。不管怎样,你倒是露个面啊。我心里期待着。但是看样子他今天早晨都没出来喂狗。

"贾德周六不用工作吗?"我问爸爸。他正在重新启动吉普车的引擎。

"我想他通常周六都要去上班的。"

"那他是干什么的呢?"我试图想象贾德那种人适合干什么工作。响尾蛇驯蛇师?短吻鳄角斗表演者?

"机械技师。"爸爸说,"他在惠兰氏修车行干活儿。听说他还挺在行。"

我认为有这样一种人,他们对某些事很在行,而对另一些却一窍不通。贾德对修理轿车或卡车的引擎很拿手,

可是却不知道该怎么与狗以及其他人相处。

爸爸还有信要送,所以我们不能耽搁,继续前进了几千米。公路的尽头是一片浅滩,我们掉头返回了。等过了老磨坊旁的那座桥,我就抱着自家的邮件和西葫面包,下车回家了。爸爸还要继续工作,大概还得几个小时才能完成任务。

喜乐撒腿飞奔出来迎接我,我掰了一小块西葫面包给它,它立马就吞了下去。这家伙没有不爱吃的东西,哪怕你给它一块菠菜和甘蓝做的面包,它也会狼吞虎咽,吃完还嫌不够呢。

我和喜乐沿着车道回家。我在想,喜乐为什么总那么兴高采烈的呢?它随时会雀跃而起,做些逗你发笑的蠢事。不论外面天气寒暑,它再累也会在大门口等候主人回家。只要你善待你的狗,它一辈子都是你忠诚的朋友。

论脾气秉性,喜乐可比我的妹妹们强多了。就说黛拉琳吧,有时一大早起来,她就凶巴巴的,像要拧断你的胳膊似的怒目圆睁。

回到家,我看见妈妈给我留了些火鸡三明治。吃过午饭,我还要去墨菲医生那里干活儿。

"你在大卫家都干什么了?"黛拉琳嚼着满嘴的面包问我。

"干了好多事呢。"我回答她。

"霍华太太的饭烧得好吃吗？"妈妈问。

虽然我只有十一岁，但是我知道，当妈妈问你别人的厨艺怎么样时，你可得谨慎作答。

"巧克力派很好吃。"我回答。贝琪和黛拉琳听后嚷嚷着为什么我们家没有巧克力派。"不过其他就没什么特别的了。"我补充道。

"怎么做的？"妈妈追问细节。

"我想，里面放了些肉，还有些蔬菜。"我告诉她。听我这么一说，她好像没什么兴趣了。

我要去墨菲医生那里了，喜乐跟着我走向车道。但就在我们快走到车道尽头时，我看见在右手方向，贾德的卡车驶过了桥，朝这边开过来，在我家车道的路口停了下来。

"嗵嗵嗵"真说不好是我的心跳在加速，还是膝盖在打战，或许两者皆而有之。这时要是掉头跑回家就太懦弱了。我硬着头皮往前走。喜乐僵在那里，一动不动。

"嘿，马提！"贾德打开车门，迈出一只脚，"过来！"

我拿不准是该过去，还是该原地不动。

"你想干吗？"我喊道。

"我让你看点儿东西。"

我很不情愿。贾德下了车，绕到卡车后面。他指指车的尾部，所以我也只好走了过去。

"你看看这儿。"贾德说。

喜乐季

贾德的车身上有一道又长又深的划痕,从车尾的牌照处一直延伸到右侧车门,像是有人用指甲或是螺丝刀之类尖锐的东西划的。

我轻轻吹了一声口哨。

"你知道这是谁干的吗?"

在我眼里贾德比蛇还丑陋——不光是模样丑,心地也不美。但凡他不那么尖酸刻薄,兴许还能看着顺眼些。他的双眼经常布满血丝,呼出的口气令人作呕。如果你曾经把鼻子凑到啤酒瓶口闻过,你就会知道那个味道了。

我摇了摇头。

他直勾勾地盯着我,"你觉得别的男孩有谁会这么干?"

"我不知道。"

"好吧,你给我听好了,如果你发现划我车漆的家伙,你得告诉我,听见没?"

"我听着呢。"我回答,但是这次我可没有承诺什么。

贾德钻进他的卡车,开车走了。直到他从我们的视线中彻底消失,喜乐才跑到我跟前。无须多说,这足以证明贾德·崔佛斯在泰勒县是多么不受欢迎了。

面对这么可憎的人,有些事哪怕不是你干的,你也会忍不住想象,如果是你干的该有多解气。我幻想着用各种办法对付这种家伙,并陶醉其中,以至于我都有点儿负罪感了。我暗自琢磨着,是不是今晚就喊上大卫一块儿潜到贾德家附近干点什么。

我继续向墨菲医生家走去。他的家也是他的诊所,不过他周六通常不接诊,除非有急诊病人。他的妻子十年前

喜乐季

去世了,可他一直坚持为她悉心修剪院子里的花草。

墨菲医生帮我算过,喜乐被德国牧羊犬咬伤的治疗费用,我还需要偿还99美元。我每周六为他工作三小时,每小时可以得到3美元。这周已经是第三周,所以今天工作后我就一共有27美元了。

"我的病人喜乐怎么样了?"墨菲医生看见我,从门廊的台阶上走下来问。这个大块头有点儿费力地蹲下来,拍拍喜乐,并为它检查了身上的手术伤口。墨菲医生的一个朋友是圣玛丽斯的兽医,他总是请他一起来为受伤的喜乐诊断,以确保喜乐顺利康复。

"看起来恢复得不错,喜乐。"医生说,"现在你没有生命危险了。"

今天医生打算把院子一侧的灌木移栽到另一侧阳光充沛的地方。他挖了一阵土,然后我接着干。喜乐卧在树荫下的草坪上,张着嘴巴,朝我们微笑。我们被它的样子逗乐了。

"你的狗现在过的日子可真是轻松惬意啊。"墨菲医生说着,停下来擦擦额头上的汗。

要是我把它还给贾德,真不知它现在的日子会怎样——如果它还能活着的话。我忍不住想到贾德的另外三只狗,身上拴着铁链,还得忍受贾德的踢打呵斥,难怪他们整天相互撕咬吼叫。

医生继续挖土。他把铲子尖端伸入灌木的根部之下,我负责扶住灌木,不让它们歪倒。

"你说贾德家的那些狗是不是永远没救了?"我问医生,"我是说,一旦你给它们拴上铁链,把它们变成凶神恶煞,它们的性情就永远无法改变了?"

"这我也说不好,马提。"医生说,"有时我觉得人和动物其实没有太大区别,只是一个两条腿,一个四条腿而已。有些人和动物天生就尖酸刻薄,也许那是流淌在他们血液中的一种特质……"他最后重重地喘了一口粗气,把灌木根部连泥带土撬了起来,"但这种情况毕竟只是少数。在我看来,善良能感召他们弃恶从善,当然我也不能打包票。"

我把最后一丛灌木拔了起来,挪进车道另一侧我们已经挖好的坑里,然后我俩合力把灌木扶正。医生晚上要到惠灵镇听一场交响音乐会,所以剩下收尾的活儿就交给了我。我得确保灌木丛整齐挺拔,还要把每一个树坑里的土夯实。

干完活儿,我就像个上了年纪的老爷爷一样腰酸背痛。回到家时已经是四点了,妈妈说我满身汗臭味,在大卫来之前得赶快洗个澡!

当大卫的妈妈开车把他送到我家时,我浑身散发着玫瑰花的香味。喜乐从来不冲霍华家的车子叫,它看到大卫总是很开心。

喜乐季

"你刚洗完澡？"大卫看见我脑袋上一缕缕湿漉漉的头发问道。

"像玫瑰一样好闻。"我说着，两臂抬起来圈成"O"形，把胳肢窝凑到大卫的鼻子底下，"闻闻。"

他大笑着，把我推到一边。

妈妈和霍华夫人聊天儿的工夫，我和大卫用绑在山毛榉树上的秋千袋轮流玩人猿泰山的游戏。

大卫爬上对面的一棵枫树，骑在树杈上。我把固定在山毛榉树上的秋千袋抛得高高的，丢给他。大卫接住塞满干草的麻袋，裹在自己的腿上做好保护，然后从树杈上滑下来，手紧紧攥着绳子。他像荡秋千似的俯冲下来，再飞起来荡到另一边。

"哈哈！"大卫欢呼着。

我本来也可以玩得很尽兴，可是我时不时地开小差，琢磨稍后我俩该干些什么。

大卫家没有兄弟姐妹，所以他觉得黛拉琳和贝琪都很可爱。其实她俩有时是故作可爱，真让人看不惯。

贝琪爱给大卫唱 ABC 字母歌，她通常唱到"LMNOP"就忘了后面的字母，只好再重来一遍。紧接着黛拉琳会捧出她涂鸦的艺术作品来显摆。她还喜欢讲冷笑话。

"你知道怎么才能阻止野牛发起进攻吗？"她坏笑着问。

"我不知道。"大卫回答。

"拿走它的信用卡不就得了！①"她声音大得能把人耳膜震破。可其实她连信用卡什么样都不知道。

吃晚饭的时候，妈妈给我们做了苹果派当甜点。我们趁热在上面浇上牛奶。大卫捧着盘子，转着舔得一干二净。

妈妈清理餐桌的时候问我们："你们两个男孩今晚有什么计划？"

"到外面随处逛逛。"我告诉她。

我都不用问大卫计划做些什么，就知道他脑子里构想的准是一个"恶人谷"的侦探故事。果然，我俩刚出家门，他就扭头问我："从这儿到贾德家得多久？"

---

①英文中，"进攻"和"付款"都可以用"charge"一词表示。

第五章 勇闯"恶人谷"

我猜大卫长大后准是个探险家,或者是个侦探,要么就是个特工。

凡是潜伏丛林或者匍匐前行之类的游戏,都是大卫的最爱。他喜欢上我们家来玩,也是因为他家那里没有这么多可供藏身的好地方。

这会儿爸爸在给贝琪读故事,黛拉琳在帮妈妈洗碗。我可以出来的唯一理由是,我有客人来访了。我敢说黛拉琳下周肯定得让我连洗两天碗。

"从这儿走到贾德家大约要二十到二十五分钟。"我告诉大卫。

"好的。"大卫压低嗓音说,"我们需要一个水壶、一张地图,还有一副望远镜。"

"地图?"我说,"大卫,我们只需要过了这座桥,再沿着

公路走,就到贾德家了。"

"我们要走的可不是这条路!"大卫说,"你哪能从公路径直到你要侦察的地点呢?那你不就暴露了吗?"

为了让大卫满意,我找来一个旧信封,在反面画了一张地图,有桥,喜乐小学的校舍,贾德家门前的路,还有坐落在某户人家屋后树林中的一小块私人墓地。大卫带了水壶,还有他妈妈的双筒望远镜。我催促他,要是不快点出发,等黛拉琳洗完碗,她一定会来央求做我们的跟屁虫的。

喜乐不用我们费心。它跟在我们脚旁,沿着车道一路小跑。但是当意识到我们在向贾德家靠近时,它停顿了一下,有点儿犹豫,随后落在我们后面几米,磨磨蹭蹭地跟着过了桥。

中途我们停下来观察公路上的一个弧形坑,打去年春天起它就出现了,大概有三十厘米宽,至少十五厘米深。

"呀!"大卫叫起来,"马提!这像是个排水涡。我敢打赌这下面一定是个洞穴,顶部塌陷才形成了这个坑。"

于是,我们爬下河岸,探寻草丛或灌木中是否有什么隐秘的入口通往未知的洞穴。报纸上经常报道有人发现了新洞穴。我猜准是那人在远足时一脚踩空掉了进去,或者他的狗掉了进去发出求救的叫声,这才发现了新的洞穴。要是我们真能在公路下面有什么新发现,比如神秘通道、瀑布或者其他奇异的景观,我们就可以把它命名为霍华—

喜乐季

普雷斯顿大洞穴。

我们整整耽搁了半个小时来寻找洞穴,却连洞口的影子也没见到。天色渐晚,我们爬上岸,从桥上折回去。喜乐还守在桥头。它耷拉着尾巴,喉咙里发出可怜的呜呜声,见我们还不打算回家,便情绪低落地往家走去。看它仍然那么惧怕贾德·崔佛斯,真让我心痛。它恐怕再也不敢过桥踏上泰勒县的领地去逮兔子了。

"我很快就回来。"我跟它说。如果它能懂我的意思就好了。

我们朝贾德家进发。大卫忽然停下脚步,抱起水壶喝了口水。我敢说他实际上没那么口渴,只是装作忙活半天口渴了。

我们蹑手蹑脚地穿过公路和溪流之间的灌木丛,观察河岸的动静,趁没人的时候从一棵树后蹿到另一棵树后,然后再伺机而动。当然这时的河岸其实根本没什么人,清静得很,只有一位老婆婆坐在自家的门廊上,不过她没戴眼镜,看不清我们。

不过我们乐在其中,特工的接头方式真的很好笑。

"土豆,土豆,呼叫土豆。"大卫把一只拳头举到嘴边,假装那是对讲机。

"收到,茄子。"我说。

"我们距目标还有多远?"大卫问道。

"大约再过五幢房子。目标是棕白相间的简易房。"

问题是每幢房子之间都相距很远,即使下一个目标就是贾德的简易房,我们在这儿也看不见。

"那我们从墓地抄近路过去。"大卫说。

我们穿过公路,绕到一幢房子背后,悄悄溜过这家女主人的后花园。我们猫着腰,像是士兵在躲避敌军的炮火。群山在我们左手方隐约浮现。这里有一小块墓地,四周围着低矮的铁栏杆,只有大概半米高,一抬腿就能跨过去。墓碑上的名字里都带有唐纳森,只有一位例外。大概那一辈的人都埋葬在这里了。

"等等!"大卫说着,抓住了我的胳膊。

我站住了。

"现在风朝哪个方向吹?"他问。

"我不知道。"

大卫舔了舔手指,把它伸到空气中测风向,但还是不能确定,于是又把一捧青草丢到风中,观察它们下落的方向。

"我们要顺风而行!"他说。他目光炯炯,好像我们正置身于一条即将沉没的船。

我尽量表现出紧张的样子问:"我们现在要做什么?那些狗会嗅到我们的气味的。"但是要从山这边绕到我们要去的"恶人谷"——贾德家可没有捷径,而山的另一边是中

喜乐季

岛溪。

"我们必须保持绝对安静。"大卫说,"你想冒险吗,土豆?"

"还是叫我罗杰好听点。"我说。

离贾德的简易房大约还有五十米远,我们俯下身去,在五厘米高的杂草中一点一点地匍匐前进。看来我回头还得跟妈妈解释T恤衫上草汁色的污迹是怎么来的。刚才的澡算是白洗了,不过这一切还是值得的。

目标已经近在咫尺,我们左一扭右一扭地爬到路边,看见了贾德家的前门。身材高大的贾德正坐在台阶上,腿上搁着一把猎枪。

我和大卫紧紧攥住对方的手,紧张得直吞口水。

幸运的是,贾德的狗并没发现我们,可能它们被拴到后院了。今晚它们倒很安静。看来再笨再凶的狗也知道,不要惹恼腿上放着猎枪的男人。

"你说他是不是要出门打猎?"大卫压低声音问我。

"我看不是。"我也耳语般地回答他。

这就是可怕之处,贾德似乎并不打算出门,也没在擦拭他的猎枪。他仅仅就是坐在那儿,隔一阵吐一口唾沫。他在等待什么?是等待剐伤他车漆的人?还是守在这儿看有谁还会再来干这种事?

大卫又往前挪了一点儿。我不赞成他这么干。我往前凑到他身边,把他拽了回来。

接着我们发现,原来贾德在自言自语。他低声自语,听

不清在说什么。有时他的手掌在膝盖上一拍,摇摇头,沉默一会儿,然后又接着嘟哝。看来他又喝酒了。

就在这时,他好像猛然间警觉起来,端起了枪。我意识到我们不该来这儿,更不该靠近这儿。但是贾德的枪瞄准了他家前院的一棵树。起初我以为他是喝多了,误把树当作鹿什么的。可当我抬起头,发现有两只松鼠在树枝间追逐嬉戏。

贾德举起枪,瞄准。

"砰!"

一只松鼠惊慌失措地跳着脚蹿上树顶,另一只从树上垂直坠下,重重地摔在了地上。

我不忍心再看了。我把头埋在臂弯里,为那只松鼠祈祷,只希望它能不受折磨地死去。贾德家的狗开始狂躁地乱叫起来,但是都没盖过贾德大笑的声音。

"中了!"他大叫着。我又听见他用巴掌使劲拍击膝盖的声音。他并没有起身去捡那只松鼠,也没再给它一枪让它早点儿摆脱痛苦。我飞快地探头瞥了一眼,只见那只松鼠还在抽搐,但是很快就不动弹了,只剩尾巴还在抽搐。

他怎么能这样残忍!我心里想,他竟然忍心眼看着一个鲜活的生命慢慢死去,这纯粹是无辜的杀戮。贾德没打算用它来炖汤吃,他压根儿就没站起身。他只是歪了歪嘴,又吐了一口唾沫。

这时另一只松鼠跑过来,大概是要看看它的同伴怎么样了。

就在贾德举枪准备再次射击的时候,我大叫:"不!不要!"我实在没忍住。

大卫把我的头摁了下去。贾德警觉地四处环顾。

"谁在那儿?"他口齿不清地喊,"谁在说话?"

台阶上传来他的脚步声,我的心好像快从胸膛里蹦出来了,从来没有这样害怕过。我和大卫不是从乡村公路名正言顺地走到贾德家来,而是匍匐着爬进了他的地盘。要是贾德给我们一个枪子,那速度可比他吐唾沫来得快。而且他会说我们闯入了他的家,他以为我们要入户抢劫。

"听上去像是马提·普雷斯顿的声音。"贾德说。我趴在那儿,下巴贴着地面,使劲向上看,只见贾德正四下里张望着,试图辨别声音传来的方向。"你在那儿干吗?"他又喊了,"你爸爸禁止我到你家地盘去打猎,那么你又跑到我的地盘上来干吗?"

我把脸侧过来,挨着地,身体尽量放平。我满脑子想的是,要是妈妈听到我和大卫吃了枪子的消息会多么难过。这真是我有生以来做过的最蠢的事了。我听到贾德笨重的旧靴子踏着院子里铺的木板路走过来的脚步声。

我是不是该说点什么?我犹豫着。大方地告诉他我们只是路过而已?他会相信吗?瞧瞧我们的样子,哪有匍匐着

路过别人家的？我吞了一下口水。

脚步声并没有在我们跟前停下来。我又歪了歪头,这样我可以用一只眼睛观察一下上面的情况。我看见贾德只是晃晃悠悠地围着房子走了几步,一只手扶住墙支撑着身体,另一只手抓着枪。

"我逮着你了,到我的卡车这儿来捣乱,马提·普雷斯顿！我要让你脑袋开花！"他嚷嚷着。

终于,贾德上了简易房的台阶,然后进屋去了。我度过了世界上最漫长的两分钟。

我和大卫伏在草地上,不敢出声,几乎连气都不敢喘了。过了一会儿,我们又匍匐着按原路返回,以免贾德躲在窗后监视草地时会发现我们的行迹,然后朝我们开枪。

爬过了丁香丛,贾德家被我们甩出了视线。我俩飞奔过埋葬唐纳森家族的那块墓地,从墓地后身跑回公路。

我和大卫跑得上气不接下气,几乎都说不出话来。

"……要是……发现了我们……"

"就在他眼皮底下……"

"……小松鼠……无辜……"

"……不该去他家……"

"……他知道是你,马提……"

我和大卫心里都十分难过。但是有一件大事占据了我的大脑:我目击了贾德射杀松鼠！下个月禁猎才结束,他提前打猎了。我知道,鸭子的狩猎季十月开始;鹿的狩猎季在九月……而狗呢?法律条文中没有任何一条规定什么时候是猎狗季。像贾德这样每晚喝得醉醺醺的,又总是疑心是我剐坏了他的车漆的人,可不管什么法律规定。要是他肆意妄为起来,会不会有狩猎喜乐季?而且是随时随地地狩猎?

第六章　向贾德坦白

这天夜里，我没有睡好，大卫也一样。为了能让大卫在我家过夜，妈妈用沙发拼了一张双人床，垫子中间有一处凸起，常常会磕碰膝盖。

喜乐特别喜欢睡在这张床的角落。如果你半夜醒来，发现你的脚动弹不得，你就会知道是你的狗正倚着它呢。

我和大卫早早就睁开了眼，屋里很安静，我们躺着说话。

"你说我们该不该把这事说出来？"他问我。

"关于松鼠的事？"我问。

他点点头。

"你可以说，但是说了又有什么用呢？你听说过有谁因为在禁猎季打了一只松鼠就受罚的吗？你从这儿回友谊山的路上会看到很多这样可怜的松鼠不是吗？"

打松鼠和打鹿是两码事。在西弗吉尼亚,你每年只能猎杀有数的几只鹿。而在松鼠狩猎季,你每天可以打六只松鼠。在狩猎季之外的时间打一只松鼠也不是什么大不了的事。狩猎监察官更不会因为一只松鼠驱车赶来这里。

让人厌恶的不是贾德猎杀了一只松鼠,而是他猎杀的方式。眼睁睁地看着松鼠从树上掉下来,垂死挣扎,他却乐在其中。我真想知道,贾德童年时是个什么样的小孩?他十五六岁时又是个什么样的少年?真不知道他爸爸妈妈是什么样的人,能将儿子养成这个样子,面对小生命的痛苦无动于衷,甚至还扬扬得意。

早饭时我俩一定看上去精神不振,以至于妈妈问我们:"你们两个男孩是不是贪玩到半夜才睡啊?你们俩看上去都没什么胃口,怎么没人吃培根?"

为了向妈妈证明我们既精神焕发又饥肠辘辘,我俩同时把手伸向盘子里的一片培根,可实际上我俩又累又困。不过妈妈烤的饼干确实很香酥可口。我教大卫把一勺蜂蜜和一勺黄油调在一起,搅拌成奶油状,然后再涂到一块刚出炉的热乎乎的饼干上,别提多好吃了。

我们又荡了一会儿秋千,大卫的爸爸就来接他回家了。睡懒觉的黛拉琳终于起床,隔着窗户朝我们张望。我们的嬉戏声没吵醒贝琪,即使旁边有一支打击乐队她也照样睡得香。

喜乐季

大卫全家今天要出门,他得先回家换衣服。

"周一学校见!"说着,大卫坐进了副驾驶的位置。

"你好,马提!你们玩得愉快吗?"霍华先生大声问。

"愉快!"我俩异口同声地回答。的确很愉快,除了目睹松鼠在我们眼前死去的那部分。

我们喜欢周日的家庭时光,悠长而随意。爸爸整天都在家,他会坐在门廊给黛拉琳和贝琪大声读喜剧故事。他绘声绘色地模仿不同的角色,把我们逗得乐不可支。

妈妈通常会收看电视节目,不过现在她正在厨房做面包。她说,这世界上她的第一最爱是她的孩子们,第二最爱就是在周日烤面包了。

但是我知道她爱爸爸还是胜过爱烤面包的,虽然她没这么说。这天早上,听爸爸讲完喜剧故事,我就来到厨房。妈妈一边把面团搓成条状,一边唱着她最喜欢的一首乡村民谣:

> 如果我能实现三个愿望,
> 亲爱的,我会全都奉献给你。
> 你孤独时我给你爱,
> 你忧郁时我逗你开心,
> 你高兴时我陪你欢笑,
> 因为我知道你待我是真心。

亲爱的,如果我能实现三个愿望,
我会全都奉献给你。

我知道那个"你"不是我。我朝妈妈笑笑,她也朝我微笑。我在桌子上铺开家庭作业本,开始做我的数学题,以便暂时忘掉那些让我担忧的事。

乘法:687×0.33　1029×0.012　3998×7.5
除法:687÷0.33　1029÷0.012　3998÷7.5

我想我这一生恐怕都不会遇到用得着拿7.5来除3998的机会。但是妈妈说:"马提,哪怕用不着,数学也能锻炼你的思维能力。它能帮助你学会如何解决问题。"

不过我想数学没办法帮我解决贾德的问题。要是真能管用的话,我甘愿每天抱着数学书,苦读到深夜。

事实上,我担心贾德喝酒的事跟我有关。夏天我为他打了半个月的工,对他多了些了解。在最后那天,我们一起聊了他的狗,还有一些别的话题。我觉得他对我要离开似乎有些遗憾,因为往后他傍晚下班回家就再也没人陪他说话了。

我曾打算再回去看看他,也许还可以带上喜乐。但是现在我不会让喜乐再踏上那座桥了。再说我也不是那么迫

切地想去看望他。因此这个想法就被抛在一边,逐渐被淡忘了……

吃完午餐,爸爸躺下来小憩,黛拉琳坐在秋千上玩纸娃娃,贝琪也睡了。妈妈跷着腿在读一本杂志。我朝贾德家出发了。我打算直截了当地告诉他,是的,昨晚我是曾经到他家附近来着,但我没做任何破坏,请他不要再疑神疑鬼地以为我做了什么。

这会儿贾德正在院子里修车。他撑着引擎盖,好像在换机油。看起来他今天还没喝酒。至少,他还没醉。

"嗨,贾德。"我打了个招呼。

贾德抬起头瞥了我一眼,又埋头继续在引擎盖下修他的卡车。"什么事?"他问。

"没什么。我刚好在溪边转转。"我告诉他。

"你好好照顾我的狗了吗?"他问。

他一开口就提到了"我的狗",我可不喜欢这个措词。

"喜乐很好。"我说。

"我还以为你哪天会带它来呢。"贾德说,"今天它怎么没跟着你?"

真不知怎么开口告诉他,他比蜇人的蜜蜂还要让我的狗避之不及。我只好说:"它在家里和黛拉琳、贝琪一起玩呢。她们简直把它宠坏了。"

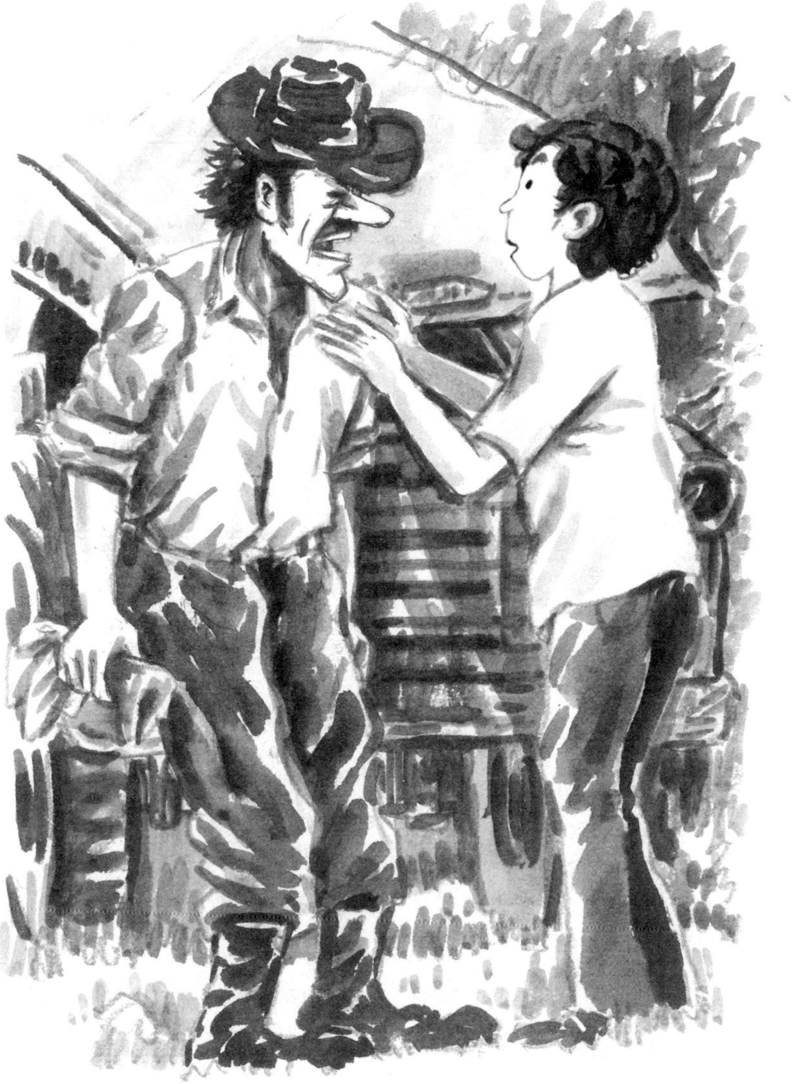

喜乐季

贾德哼了哼,"你不带狗出去打猎,它会丧失猎狗的秉性。"

"我爸爸下个月去打猎的话,可能会带上喜乐。"我说,"狩猎季还没开始呢,贾德。这个季节在西弗吉尼亚,能打的只有鸽子。"

贾德的嘴角动了动,露出一丝狡猾的笑。"哦,真的吗?"他说着,又吐了口唾沫,在一块抹布上擦了擦手。

贾德的院子里还散落着一块块松鼠的残骸,惨不忍睹。看来他今天早晨起来把那只松鼠的尸体丢给了他的那些狗。我想象得出那些精瘦而凶猛的狗相互争夺撕咬的模样,它们推搡着,吠叫着,嘴角挂着血。

我咽了咽口水,"听着,贾德,我来是要告诉你一件事。"

"哦?"他说。

"我的朋友大卫昨晚来我家过夜,我们玩了侦察敌情的游戏。你昨晚在你家院子里听到的是我的声音。"

贾德缓慢地抬起头,"那你为什么不回答我?"

"我们当时很害怕,因为你手里有枪。"

贾德好一阵都没作声。我这番大实话估计弄得他都不知该如何作答了。但我没想到这番话同时也激怒了他,他鼻梁上的眉毛拧在一起,斜着眼看我。

"你以为我会信你说的话?你们大老远跑到这儿,就是为玩侦探游戏的？做游戏？我看是真正的刺探。如果没猜错,肯定是你爸唆使你来的！"

"他没有！他甚至根本不知道我们来过这儿。但是我们的确不应该到你的院子这儿来,并且……"

他根本不听我解释,就机关枪似的叫嚣起来:"你和那个男孩可不是头回来吧？你们偷偷摸摸,喊你们也不答应,脑子里算计的可不仅仅是来这儿做游戏吧？我可不是傻瓜！就是你,或者那个小子,要么就是你们俩合伙,把我的车漆剐花了！听着,小子,再让我逮到你们,我就扣扳机！保护我的地盘,这是我的权利！"

"贾德,我……"

"给我滚回你家去吧！听见没有？"

贾德站在那里,手里拿着一把扳钳。他的脸从丑陋变成极为丑陋,眼睛里没有一丁点儿和善的光。

见我没动,他吼道:"小子！"他上前一步,我只得赶紧转身往家跑。

我已经豁出去做了应该做的事。我使出浑身力气,把一块石子踢落到中岛溪里。无论今后会发生什么,反正我说出了事实。

我不相信贾德再见到我时会真朝我开枪。但是我想他也许会朝这个世界上我最珍爱的东西开枪。我希望事情不要如此发展下去。

喜乐季

回到家时,爸爸正在院子里干活儿,他把汽油倒进锄草机里,准备锄草。我站在他身边。

"你有心事?"他问。

"我在想,贾德酗酒是不是跟我有关。"我觉得应该尽量以轻松点的方式切入这个话题,相信爸爸比贾德还不愿听到我们昨天夜里到贾德家去的事。

爸爸看看我。他盖好油箱盖,拧紧,然后站起身来,"来说说,你怎么会有这种想法?"

"我为贾德打工,得到了喜乐,后来我就再没去过他那儿。我觉得贾德可能习惯了我待在他身边——这样他就有个可以说话的人了。"

"也许吧。但是我认为一个男人不会因为一个十一岁的男孩没来陪他就去酗酒。贾德的问题跟你没多大关系,马提。他从没体会过与人融洽相处的那种快乐。"

"但是他对喜乐的事耿耿于怀,总说我把他的狗夺走了什么的。"

"贾德对任何事都心怀不满。你恰恰给了他一个机会。我们都心知肚明,那只狗是你应得的。你干吗还忧心忡忡的呢?"

"我害怕他哪天喝醉了会开枪打喜乐。"

"好了,我担心的是,哪天他喝醉了,会带着来复枪到我们的树林里狩猎,开枪走火伤到你们哪个孩子。"爸爸说,"你要是真想担心点什么,那就想想这一点。"

"可是,我好不容易保护了喜乐,让它来到我身边。如果现在它真的发生什么不测,我受不了。"爸爸推着锄草机,从院子一边踱到另一边。我跟在他身后。"我们能不能……请贾德……来家里吃个饭什么的?就像我们对待朋友那样?"

爸爸满脸狐疑地看着我,"马提,不到两个月前,贾德在你眼里比响尾蛇还讨厌,现在你怎么倒要邀请他到家里来呢?"

"还不是为了能和他和平相处嘛。"我想,也许现在正是机会把我去贾德家的事告诉爸爸。可是接下来爸爸讲的事让我把到嘴边的话又咽了回去。

爸爸双手扶着锄草机的手柄,做了个深呼吸。"事实上,"他说,但目光并没有直视我,"上周我去找贾德,我跟他发火了。我很抱歉这么做,但是事情已经发生了。我当时给他看那个啤酒罐,提醒他我们的树林和草地里立着禁止狩猎的牌子。他骂骂咧咧地要我走开。"

我睁大了眼睛,"他居然骂人了?"

"他说我这个邻居太小气,独占打猎的地盘。他还说,要是他知道我是这么一个吝啬鬼,他才不会把狗给你呢。实际上他还说因为他已经把狗给了你,他愿意在哪儿打猎就在哪儿打猎。这是你们的交易。"

喜乐季

"才不是呢！"我大喊着，感觉自己的脸涨得通红。

"我知道不是这样，马提。这是贾德的醉话，我应该先回家，等他酒醒了再找他谈。但是我当时也被激怒了，来了脾气。我告诫他如果我再发现他在我的地盘上狩猎，我就报告监察官。这就是为什么我不想请他来家里吃饭的原因。我不是在请求他保持距离，而是要求他离得远点。我不希望他现在觉得我的态度软下来了。"

我决定还是先不讲我们去贾德家侦察的事了。

第七章　贾德告状

我们的生活一向都很平静。爸爸从来没因为跟哪位邻居结怨而发生过什么争执,可如今贾德的事很让他烦忧。

让人郁闷的是,现在我不能带喜乐到远处的草地上打滚儿撒欢儿了。感恩节与圣诞节之间是狩鹿季,我们已经习惯在这段时间不到草地那里去玩了。因为不管有没有立警示牌,总有猎人会在那里活动,他们带着来复枪。来复枪能射出一连串子弹,可比单发的猎枪的威力大多了。

喜乐不明白我们为什么不再去草地上玩了。看见我放学回来,它兴奋极了,身子往左扭,尾巴朝右晃,好像在跳一种奇特的摇尾巴舞。它径直奔向通往草地的小路,欢快地汪汪叫,催我也跟上。它跑来跑去地给我引路,让我往那个方向去。

"不行!喜乐!"我拒绝了。

它变得垂头丧气,耷拉着尾巴,好像不明白自己做了什么错事,一副委屈的模样。我弯下腰拍拍它。不过我敢说,这么做安慰不了它。

最近它常和一只拉布拉多猎犬一起玩耍,很高兴它能有一个自己的朋友。有时喜乐和它的朋友跑出去很远,在外面玩一整天,夜深了才回来,弄得浑身沾着芒刺和小虫。不过下次它的好朋友一来,它又乐颠颠地跑出门了。

在学校,我从迈克尔那儿听到关于贾德在本斯伦闹事的更多细节。迈克尔说,他的一个表哥的朋友的舅舅的弟弟说贾德欠他一笔钱,而贾德不认账。我想这个故事传来传去,难免被添油加醋或是有所遗漏,所以我也说不准这个故事有多少真实性。但是他们说贾德喝醉了,是他先动的手。要是警察没来的话,他们估计不打个你死我活不会罢休。

我完全想象得出当时的场景。看贾德对松鼠那么残忍冷酷,我相信他会毫不手软地把那个人揍个半死。

现在是九月的最后一周,泰尔伯特小姐说我们学校正在参与一个"畅想未来"的活动。她说,活动的主要目的是希望孩子们能学着规划更长远一点儿的未来,而不是光顾着琢磨下个暑假怎么玩。

泰勒县六所学校的所有五六年级的学生都可以参加。首先,我们要挑选一样自己长大后最想从事的工作;接下来得写一篇报告,探讨做那个工作会怎样。

萨拉选择做游泳健将。这是她在校车大巴上对我说的。

"游泳健将?那能干什么?"

"参加游泳比赛,当冠军!"她说。

萨拉去年暑假在中岛溪下游举行的夏令营里学会了游泳。现在她认为自己足可以去参加奥运会了。

我问大卫打算做什么。

"生物学家、守林人或者足球运动员,"他说,"我还没决定呢。"

我不用想那么久,我选择的未来职业是兽医。这是我能想到的唯一会让我开心的职业。

那个周六我去墨菲医生家,他教我怎么用喷水管给灌木浇水,而且每隔二十分钟要给管子移动一次位置。我跟他讲了我的选择。我告诉他我可能会在论文里写"兽医助手",因为当兽医得去兽医学校,需要付一大笔学费。

"兽医学校的学费的确很贵,而且不是那么轻易就能考上的,马提。"他说,"但是目标定得高一点儿没什么不好。"

我给灌木丛浇完水就回家了。大卫今天没来我家,因为他和家人露营去了。他已经决定以后当守林人。为了写一份出色的报告,他爸爸带他去拜访一位真正的守林人,

帮他答疑解惑。

晚餐时,我们又谈起了奶奶。妈妈像往常一样给赫蒂姑妈打电话,得知奶奶情况不妙。

"她又怎么了?"黛拉琳问,两眼闪闪发亮,等不及要听最新消息。

妈妈刚要讲,又停住了。她说:"黛拉琳·普雷斯顿,我可不希望这事传遍整个二年级。"她警告道,"这是我们家的事。"

"我不会说出去的!"黛拉琳说。

"好的。"妈妈说着,注视着爸爸的眼睛,"你母亲偷别人的东西了。"

"偷东西?"爸爸问。

"护士打开奶奶床边的抽屉,发现里面有五副眼镜。看来是她从别的房间搜集来的。"

爸爸猛烈地咳嗽着,用手掩着嘴。不过你知道,他是在掩饰他的忍俊不禁。我们都笑了,实在憋不住。

"她认为这些眼镜都是她的!"妈妈继续讲,"她说是别人把她的眼镜偷走了!"

"我可不想变老。"黛拉琳说。

"嗯,大多数老人并不会这样,"爸爸说,"你们的爷爷活了很大年纪,去世的时候头脑还很灵活呢。"

"你们的姥姥也是一样,"妈妈提起她自己的妈妈,"要

不是因为下雨天摘豆子得了肺炎,她可能今天仍然健在呢。"

"她既然那么聪明,干吗下雨天还去摘豆子呢?"黛拉琳问。

我看见爸爸又掩住嘴,妈妈有点儿愠怒。

"我们都是事后诸葛亮,做完了才知道不应该做。"妈妈说。

"这倒是真的。"爸爸说。

就在这时,电话铃响了。贝琪正好刚从椅子上滑下来,准备到外面玩耍,所以她抓过电话接了起来。

"嗨!"她说。她把话筒都贴到鼻头上了,"我奶奶……"她又开始说了。

"贝琪!"黛拉琳大叫。

"马提,把电话接过来。"妈妈说。

我伸手去够电话,贝琪忽然一转身,背对着我,脸冲着墙,拳头捏得紧紧的,攥着电话不松手。

她又打了个招呼:"嗨,你叫什么名字?"

接着我听到贾德的声音:贾德·崔佛斯。

"让你爸爸接电话!"他说。

我想把电话从她手里抢过来,贝琪使出全身的力气尖叫起来。

等叫够了,她又问电话那边:"你叫什么名字?"然后继

续冲着我尖叫。

"你甭管我叫什么名字!"整个厨房那边都听得到贾德的声音了,"照我说的,让你爸爸接电话!"

爸爸已经朝这边走过来了。他把贝琪右手的手指头一个一个从电话筒上掰开。我负责掰开她的左手。贝琪最后又发出一声声嘶力竭的尖叫,足能让你的耳膜唱歌了,然后她摔门出去,冲到门廊上哇哇大哭。

"你好?"爸爸接起电话。

我们都屏息静听。

"雷·普雷斯顿,今天傍晚我回到家,看见门口的信箱倒在地上。信箱上没有剐蹭的痕迹,所以不是汽车倒车误撞的。肯定是你儿子今天跑到我家干了好事,可能还有他那个从友谊山来的同伙。"

我震惊得张大了嘴,看看爸爸。

"你怎么会认为马提跟这事有关呢?"爸爸问。

"因为一两周之前,我的车漆被剐花了,我认为就是他干的。我要他明天到我这儿干活儿来补偿,他得给我挖个新坑,我要把信箱底部用水泥牢牢地固定起来。"

"如果确实是马提干的,你知道我肯定会让他接受惩罚的。但是请等一等,我要先和他谈谈。"说着,爸爸转向我。

"不是我干的,爸爸!我也没有剐坏他的车漆!"

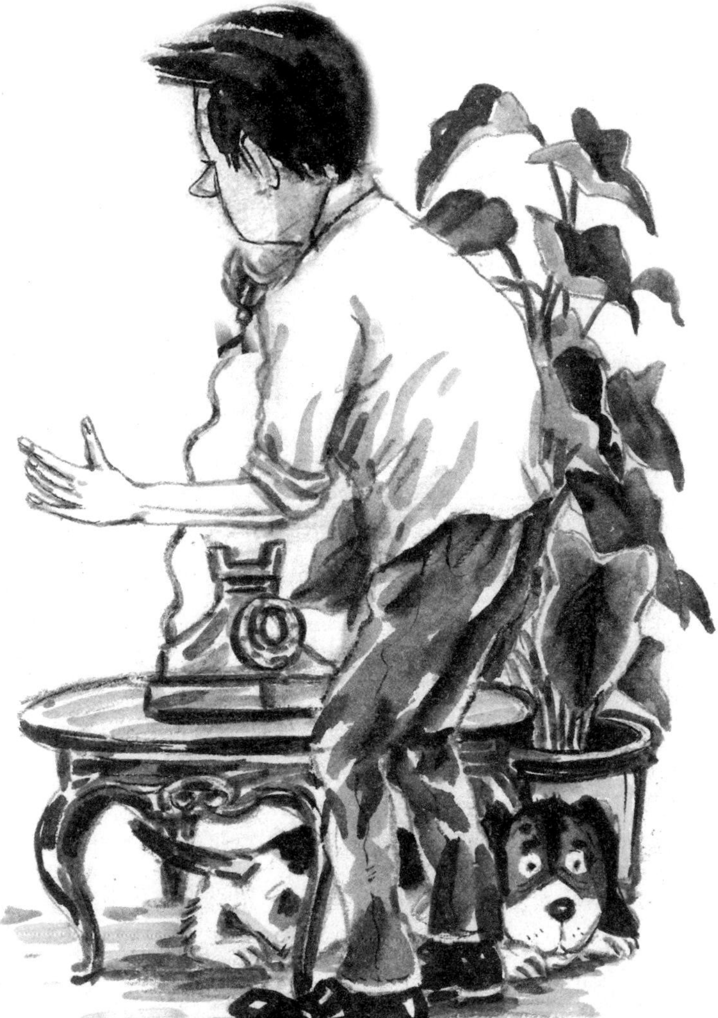

喜乐季

"你说的是实话?"

"是的,我确定!"

"你知道是谁干的吗?"

"不知道。"

爸爸审视了我一阵,然后把听筒放回耳边,"他说不是他干的,贾德。"

"你的儿子还曾经藏匿在我家附近窥探我。他说信箱的事跟他没关系,你能信他的话吗?"贾德现在喊得更响了,"那他跑这儿来干什么?他和友谊山的那个小子。你问问他吧!"

"听着贾德,我会再跟他谈谈。如果是他干的,我肯定会和他一起到你家把你的信箱修好。但是我想你可能错怪他了。你也知道,最近也发生过几次你开车撞倒别人家信箱的事故,大概是谁想扯平吧。当然我只是猜测。"

"好吧,我也猜测,就是你家的小子干的!"贾德挂断了电话。

妈妈和黛拉琳先看看爸爸,又看看我。贝琪也顾不上哭了,站在门外,脸贴在纱门上朝屋里张望,生怕落下什么,鼻头都压扁了。

"马提,我们出去谈谈。"爸爸说。

天哪,我可不想谈。这就像嘴里长了有毒的常青藤一样让我痛苦。

妈妈把贝琪带进屋,我和爸爸走出来。在九月凉爽的夜色中,我们坐在门廊的秋千上。木地板上有一块橙黄色的灯光,是从窗户里透出来的。

"贾德说,你和大卫跑到他的地盘窥探他。这是真的,对吗?"

"我们只是在做游戏。"我说。但我的声音听上去有种负罪感。

"你们做了些什么?"

"我们匍匐着穿过草地,就像密探那样。大卫想看看贾德在晚上会干什么。"

"他认为贾德会在晚上干什么?"

我低头盯着自己的手,两个大拇指互相抠着指甲,觉得有点儿尴尬。我耸了耸肩,说了出来:"我们想看看贾德会不会变身成狼人。"现在看来,那种想法似乎太愚蠢了。

爸爸侧过身看着我,秋千微微地晃动。

"贾德当时坐在台阶上,手里拿着猎枪。我们看见他射杀了一只松鼠。"我继续说,"当他准备射另一只的时候,我忍不住喊出声:'不!不要!'大卫把我的头摁下去,我们就那样藏着。贾德试图在草丛中找我们,但是他喝得太多了……"

爸爸长长地、长长地叹了一口气,长得像没头儿似的。他的声音听上去疲惫不堪。

"如果你们想当密探,那真是选错了时机。"他说。紧接着他又问:"马提,你们有没有破坏贾德家的信箱,或是剐花他的车漆?"

"没有!我已经说了!"

"但是我怎么知道你说的属实呢?仅仅因为你说了,我就得相信你?"在暗淡的灯光下,爸爸看着我。我记起以前我向他隐瞒喜乐的秘密,当他问起我,我告诉他没见过贾德的狗。我没提起曾经在我家树林里见过它,更没提是我把它藏在那儿的。

"你曾经说过一次谎,你自己知道。"

"我知道。那次我说谎了。但是这次没有。"

"所以,我得先弄清你现在说的是否是事实。"爸爸说。

我们两个都没有推秋千。我瞧见黛拉琳站在门后的阴影里,尽量往我们的方向靠拢,想听清我们的谈话。

爸爸接着说:"我们遇上的这个人是个酒鬼,喝醉时做的事酒醒后就忘得一干二净。而且他已经摩拳擦掌,准备在狩猎季大干一场。所以目前,我希望你们几个孩子不要过桥到贾德家附近去,离贾德越远越好。我眼前有一堆棘手的问题,你们不要再给我添乱。你听懂了吗?"

"听懂了。"我回答。

爸爸站起身,准备进屋。

"爸爸!"我喊他。

他停下脚步。

"我没有破坏他的卡车和信箱。要怎么证明你才相信,请你告诉我。"

"别再惹麻烦。"爸爸说,"我只要求你做到这个。"

第八章　贝琪失踪

这个周日我们没得闲。喜乐有四次跑到远处的草地上转圈跳舞，想要把我们吸引过去。每次我都对它喊："不行，喜乐！"它不明白为什么。那天下午，我们时不时听到不知从哪儿传来的枪声。那声音不像是在我家树林里，不过也说不好。

黛拉琳也特别渴望去草地那儿玩。我看她简直就像蛇一样善变，因为去年夏天我用十个冰激凌诱惑她，她都不去。今天空气里有种秋天的味道，风也带着寒意，通往草地的小路很快就会结霜。如果我们这时再不去，就会错失良机，可是我们又不能去，这就是我们纠结的原因。

周日，刚刚吃过晚饭，天空还有光亮。贝琪开始坐不住了，黛拉琳央求我跟她玩捉迷藏。我躺在秋千睡床上，无所事事地荡来荡去，球鞋的鞋尖蹭着地上的土。妈妈和爸爸在屋里看电视,电视里一个想竞选下一任西弗吉尼亚州长的人正在发表演讲。

"就我们俩怎么玩捉迷藏?"我问黛拉琳,"你先藏,然后我藏,然后再轮到你藏……这有什么意思?"

"贝琪可以加入我们啊。"黛拉琳说。

"耶!"贝琪欢叫起来,"带我玩,马提!喜乐也可以跟我们一起玩!"

喜乐听到它的名字,踱过来准备待命,尽管还不知道要它做什么。我常想:为什么我没有降生在有九个男孩的家庭?那样我们就可以组成一个棒球队啦。妈妈小时候家里就是九个孩子,他们从来不愁没游戏玩,也不愁凑不够人。

我继续在秋千睡床上转圈晃悠。等我再转回来,只见黛拉琳、贝琪和喜乐一字排开,眼巴巴地望着我。

"好吧。"我说,"我来找,你们两个藏。"

我脑门儿倚着秋千的绳子,一边无聊地荡着圈,一边数着数:"五……十……十五……二十……"

"快藏好!贝琪!"我听见黛拉琳尖声喊道。

我数到一百,贝琪还在门廊里乱跑,于是我数到两百。

"藏好了没有?我要找了!"我喊道,睁开了眼睛。

贝琪躲在门廊的椅子里,在自己身上压了个枕头,可是脚还露在外面。我笑了,就当没看见,接着去找黛拉琳。

喜乐季

我四下里找，鸡舍后面，棚屋里。这回她藏到了爸爸吉普车的一只轮子后面。趁我远离秋千的工夫，她往回跑，小细腿像飞似的。这丫头居然也会跑！

"解放！"她的手摸到秋千，嘴里大喊。贝琪也从门廊的椅子里出溜下来，我假装在她身后追她，让她有时间去摸秋千。

"解晃！"她也口齿不清地大声喊。

"好吧，我陪你们再玩一次。"我说着，坐在秋千上，闭着眼睛，又开始数数，"五……十……十五……"

我眼角的余光瞥见贝琪准备踏上通往远处草地的小路。"不能去那儿，贝琪！"我提高了嗓门儿说。

她扭过身子，停住了脚步。我埋下头接着数数。

这时，黛拉琳哇哇大哭起来，她磕破了脚指头，哭得像是摔断了腿那么严重。谁让她不听妈妈的话，硬要光脚走路。

贝琪这会儿正坐在小路上。我站起身，准备去看看黛拉琳是死是活。

妈妈开门出来，带着责备的眼神，"你们怎么这么吵？吵得我们都听不清候选人讲话了。"她说。我告诉她我来解决这件事，她又回去看电视了。

我把黛拉琳抱起来，放到台阶上坐下，仔细查看她的脚指头。她的脚趾末端脱臼了，弯向一侧。我自己也有一两

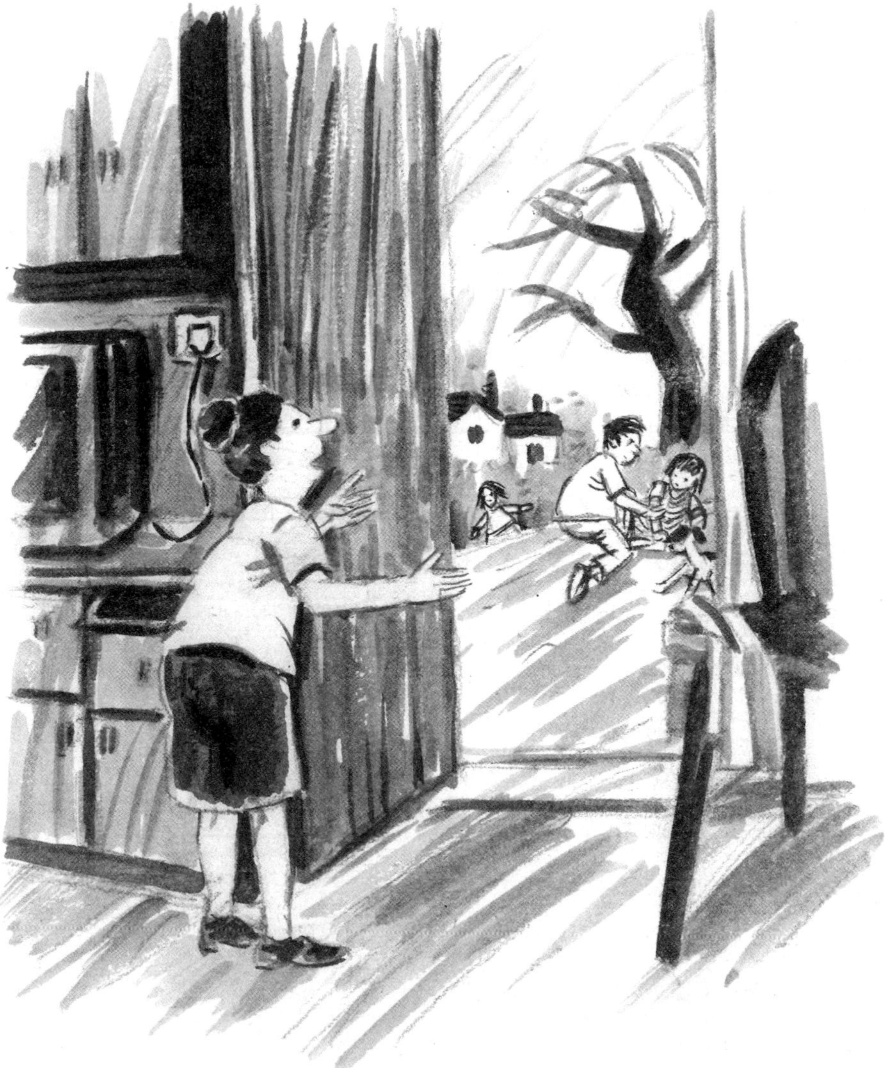

次遇到这样的情况,所以比较有经验。黛拉琳低头看了看自己的脚,又开始哇哇大哭。

"黛拉琳,闭嘴!"我对她说,"如果你能安静一分钟,我就可以治好它。"

她不哭了,但是还大张着嘴巴,随时准备再次放声大哭。

"会疼两秒钟,然后就没事了。"我说。

她哭着摇着头,抱住自己的脚。

"二选一。"我说,"要么忍受一两秒钟,让我帮你把脚趾复回原位;要么就去墨菲医生那里。你选哪个?"

黛拉琳使劲揉了揉脸蛋儿,闭上眼睛,把头往后一仰,这样她就没法儿偷瞄了。"你治吧!"她说。

我抓着她的脚,轻轻地握住弯曲脚趾的末端,稍微用力一拉。

她大叫一声,缩回了脚。但是她低头一瞧,脚趾复位了。也许我真的应该考虑当一名兽医,而不是兽医助手。

"好啦。"她吸着鼻子,抽抽搭搭地说,"但是这次你得数到三百,因为我动作慢了,而且我想到一个绝妙的藏身之处。"

我又坐到秋千上,开始往三百数,"五……十……十五……二十……"

等我再开始找她们时,黛拉琳已经躲到了她绝佳的藏身之处——爸爸的吉普车里,不过她要钻出来可是费了些工夫,我搀着她跑回了秋千那儿。

然后我开始找贝琪。灌木丛后,台阶下,门廊上。

找了一阵,我喊道:"你赢了,解放了!你可以回家了,贝琪,你赢了。"

但是没有动静。

"贝琪?"我呼喊着她的名字。

黛拉琳也跟我一起寻找,但是没有贝琪的踪影。她不见了。

喜乐季

第九章 喜乐立功

这时我忽然想起最后看见她的时候,她正坐在通往草地的小路上。我的腿有点儿哆嗦。

"贝琪!"我又扯开嗓门儿喊。

爸爸走到纱门前问道:"马提,怎么了?"

"我们找不到贝琪了。"我说,"刚才我们在玩捉迷藏,现在我找不到她了。"

爸爸走到门廊,妈妈也出来了。

"什么?"妈妈的神情一下紧张起来。

我又说了一遍。

"你最后看到她是在哪儿?"妈妈疾步跑下台阶。

"就在小路上。"我指了指陡峭的土路,它通往远处的树林和草地,"我告诉她别往那边去,她就在那儿坐了下来。后来黛拉琳伤了脚趾。再后来贝琪是不是还在那儿,我就没印象了。"

妈妈朝小路奔去。天色介于白天的明亮和傍晚的昏暗之间,周围的一切都像聚焦般轮廓清晰。但是用不了多久,夜幕就会降临。

"喜乐上哪儿去了?"妈妈回过头问,"如果贝琪去溜达,喜乐怎么没陪她一起去?"

喜乐正卧在我家房子和棚屋之间的空地上,伸展着四肢,一副惬意的样子。

"它怎么没陪她呢?"妈妈的声音好大,看上去她很生喜乐的气。这把我吓着了。"它都不能保护贝琪,有什么用?"

"妈妈!"我说。

她又转向我,"你本该照顾好她的!"

"儿子,拿手电筒来。"爸爸说,"黛拉琳,你进屋去,万一她回来了呢。不要让她再出来乱跑。"

我冲进屋子,从冰箱顶上抓起手电筒,又冲了出去。喜乐站起身,一副跃跃欲试的样子,准备加入我们的队伍。

我的心里茫然又忐忑,肋骨好像都挤到一起,咯咯作响。你能奢望一只狗做什么呢?它哪会辨别贝琪可以去哪儿,不可以去哪儿?毕竟,它跟我们住在一起才一个月左右的时间。

"贝琪?"妈妈朝小路两边的灌木丛呼喊。我跟着她往

喜乐季

山上走。

"贝琪!"爸爸也在呼喊,"你在哪儿?喊一声,让我们听见你在哪儿!"

远处不知什么地方又传来一声枪响。至少在我听来是枪响,要么就是爆竹的声音,我有时很难准确做出判断。我抬头看看爸爸,他也听到了。那是枪声。看他的脸色就知道。

我们走到岔路口。往左走,尽头是树林,我以前就是把喜乐藏在那儿的,我还在那儿给它搭了个围栏;往右走,是一片草地,我带着喜乐在那儿遛过几次弯儿。那里视线隐蔽,别人从地势低的地方发现不了我们。

"马提,"爸爸说,"你就坐在这儿,盯着院子。我担心万一贝琪溜达回了家,以为我们都出去了,结果又跑出来,那就更糟了。"

"好,好的。"我把手电筒递给爸爸。他奔往树林方向,妈妈则往草地方向寻去。我坐在岔路口处的一块平坦的大石头上,以前我和喜乐有时在这儿玩飞船游戏。

刚坐了一会儿我就沉不住气了,一个可怕的想法让我急不可待地想迈开双腿。

万一贾德·崔佛斯带着强光灯上这儿来猎鹿呢?有些猎人就这么干,这是最卑劣的猎鹿手法——先用强光灯把鹿吓呆,趁它站在跟前一动不动时,用来复枪向它射击。

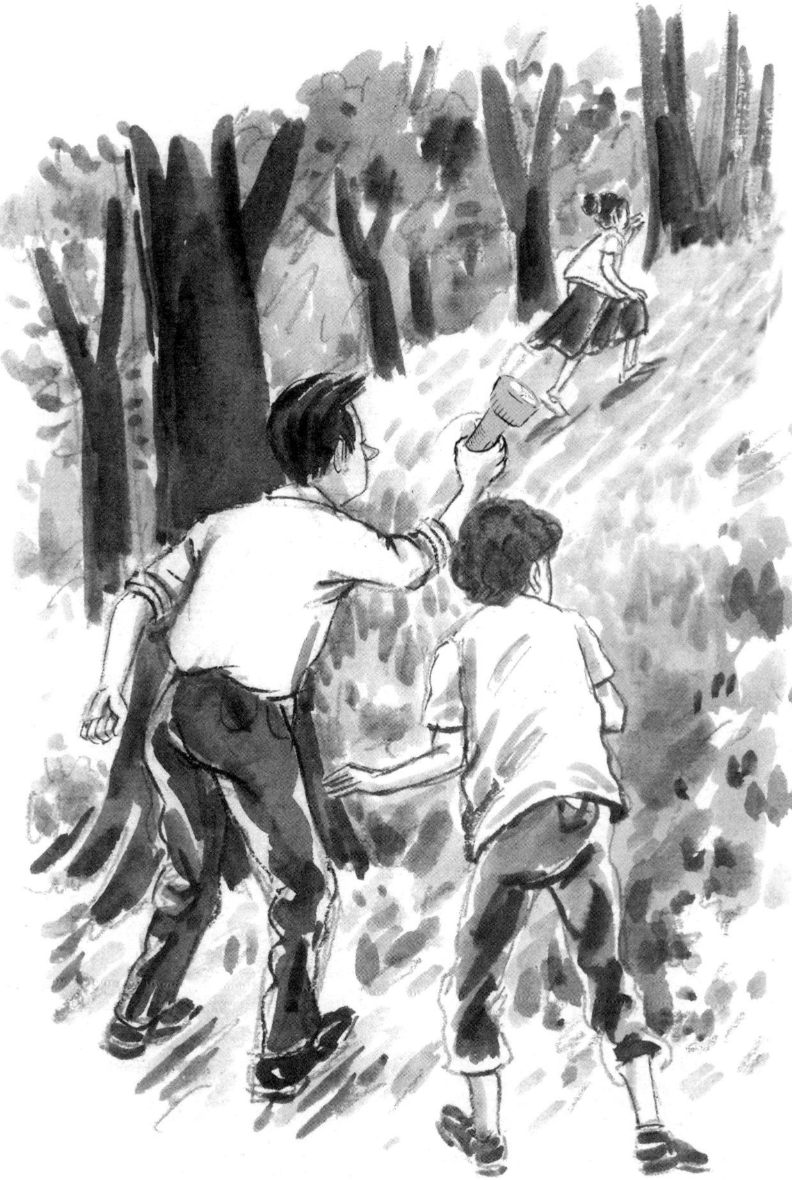

但这还算不上最可怕,菜鸟级的新手才会用这种方法。我更担忧的是,上回贾德在禁猎季打死一只雌鹿,而我没检举他,他会不会因此有恃无恐、故伎重演?要是我当时举报了他,恐怕现在他已经被没收狩猎执照了。那也许就不会发生贝琪蹊跷失踪的事件了。万一哪枚流弹击中了她怎么办?难道我为了保住喜乐,得付出失去贝琪的代价?

我弯下腰,捂着肚子,胃里阵阵绞痛,恐惧使我的胳膊抖个不停。原以为自己做了正确的事,可难道它压根儿就是个错误?

我看见院子里的喜乐站了起来,四处环望。我本以为它会跟我们到这里来,它不是很想来吗?难道是因为一天之内被责骂了四次,它学乖了?但是它怎么就没学会紧紧跟着贝琪,看护好她呢?为什么它就不能凭天性察觉到最幼小的贝琪最需要它的保护呢?

"贝琪!贝琪!"我听见妈妈在呼唤。

没有人回答。

天色渐暗,树林里已经全黑了。偶尔可以看见爸爸手电筒黄色的光束,但一闪就消失了。

十分钟过去了。我在思考,哪种处境更难熬呢?是坐在这里等待贝琪的音讯,还是和大卫趴在草丛里、听着近旁的贾德大喊着"谁在那儿",然后手持猎枪来搜寻我们?

我想我宁愿选择跟贾德对峙,虽然很冒险,但是至少对已经发生和将要发生的事心里有数。而眼前贝琪发生了什么,我一无所知,能做的只是干坐在这里。

爸爸穿过树林回来了,接着我听见妈妈的脚步声也近了。

"我打电话给警察,请他们派搜救队来。"爸爸说。我听出他的声音有一点儿颤抖。妈妈开始哭了起来。

我们沿着陡峭的小路往下走。爸爸大声说着什么。我猜他在祈祷,这是他说的最接近祷告词的话了:"上帝啊,我真希望没跟贾德闹矛盾;上帝啊,我真希望我当时能表现得更理智。"

我忽然意识到心怀愧疚的不止我一个人。以前我认为像爸爸三十八岁这个年纪的人就不会再出现这种问题了,可那只是我的想象,现在我发现他们也有脆弱的一面。

"雷,"妈妈抽泣着,说话带着含混的鼻音,"你说贾德会不会到这儿的树林来,就为了带走贝琪?不会吧?"

"不会的。即使他喝醉了,我认为他也不会这样做。"爸爸用一只手臂搂住妈妈的肩膀,安抚她。但是他的声音泄露了他的心情,他也需要一点儿安抚。

喜乐站在小路的尽头等着我们,吐着舌头,摇着尾巴,很开心看到我们回来。

爸爸看到喜乐却一点儿都开心不起来。实际上,他伸出右脚把喜乐拱到了一边。准确地说,他没有怨喜乐,不过

喜乐季

他心里也没好气儿。

黛拉琳站在纱门里大呼小叫,因为她不喜欢大晚上被独自留在家中,好像没人把她放在心上似的。爸爸跨上门廊的台阶,径直奔向电话。妈妈告诉黛拉琳保持安静,别出声。

我也上了门廊的台阶,等着喜乐随我们进屋,它平日里都是那样。可它从台阶上跑下去,停在棚屋那里,摇着尾巴。

我一瞬间心跳加速,从台阶上一跃而下,把收纳杂物的棚屋门拉开一条缝。

我看见了贝琪,她在脏兮兮的地板上四仰八叉地睡得正酣。她头枕着一袋鸡饲料,嘴里还打着呼噜。

我如释重负,大声喊他们。接着我紧紧搂住喜乐,给了它一个密西西比河岸最热情的亲吻。我又大喊了一声。这些都没有惊扰贝琪的好梦,她身子微微动了动,照睡不误。

妈妈从屋子里跑出来,爸爸和黛拉琳紧随其后。

"我找到她了!"我喊道,"原来喜乐一直在这儿守着她呢。是喜乐把我领到棚屋这儿来的。"

大家都跑过来,我都分不清是谁在拥抱谁了。妈妈抱住了贝琪,爸爸拥抱着妈妈,黛拉琳搂着喜乐。我可没抱黛拉琳。我拥抱的似乎也是喜乐。

爸爸伸出双手抱起贝琪回到屋里。她睡得很沉,眼睛都没睁。我敢打赌,要是这会儿给她做个脑部手术,她肯定一点儿也不觉得疼。

妈妈给贝琪脱掉鞋子,让她在床上和衣而睡。我们心里的石头落了地,要做的还剩一件事——吃冰激凌。爸爸打电话给警察,告诉他们贝琪找到了。妈妈给我们的盘子里盛上大份的软糖冰激凌,第一份就给了喜乐,作为对它的奖赏。

"要是它能开口说话,我们就不会虚惊一场了。"爸爸说着露出了笑容。

"它会说的,只是我们没问它贝琪在哪儿。"我说,"它一开始就知道贝琪在棚屋里。贝琪肯定是捉迷藏时在那里睡着了,它就在外面安静地守着她。直到我们都进屋了,它才明白应该让我们知道。"

"好吧,如果到下周末还没遇见贾德的话,我就去见见他,和平地解决我们之间的问题。"爸爸说,"一听到有枪炮声就提心吊胆,不能再这么下去了。"

那一夜,我睡得格外香甜。

第十章　狂犬疫苗

《泰勒之星新闻周刊》上报道，泰勒县境内发现了狂犬病患者。爸爸说我们得带喜乐去看兽医，给它接种疫苗。

谁都清楚，贾德不到万不得已不会带他的狗去看兽医。他说他的狗一直都用铁链子拴着，哪会感染什么狂犬病？

他就是千方百计地节省每一分钱。但是妈妈说，如果他把用来买醉的钱花在他的狗身上，它们会更开心健康。他的狗是否开心健康，贾德对此可不感兴趣，他感兴趣的只是打猎。

墨菲医生向我们推荐了他在圣玛丽斯当兽医的朋友，我们预约了周二下午过去。为了确保大伙儿及时收到自己的邮件，爸爸那天一大早就出门工作了。大约下午四点，我和黛拉琳放学回家，吃了些泡芙和奶酪小饼干，然后和爸爸开车带喜乐去看兽医。

兽医的名字叫约翰·柯林斯。他的诊所开在自己家里,这一点和墨菲医生一样。我看出来了,喜乐对这次旅行一点儿也不期待。但是能坐上汽车还是让它很兴奋。它喜欢和爸爸一起坐在前面。它把头探出车窗,风吹拂着它的耳朵。看着它的口水一滴一滴从舌头尖淌下来,我和黛拉琳乐了一路。车速快起来时,喜乐的口水被风吹到了后排,只听黛拉琳尖叫一声,因为口水落到了她的手臂上。

一到诊所,喜乐就预感到要发生什么了。不知道狗狗们是怎么有这种直觉的,反正它们就是有。我想可能是它以前从没来过这个陌生的地方,而且周围还有其他狗的气味。这些都会让狗狗们心生恐惧。

我们用皮项圈牵着喜乐,走在便道上。喜乐边走边嗅,越嗅越畏缩。到了诊所门口,它的尾巴耷拉在两腿之间,连路都走不利索了。黛拉琳把他拎起来,抱进屋里。

爸爸在桌子旁填写表格。一个穿着蓝色衬衫的年轻女士摸着喜乐的头。但这也麻痹不了它,它很快就意识到这儿不是什么好玩儿的地方。特别是当我们从一只体重约7千克的肥猫身边经过时,那家伙伸爪朝喜乐猛挠过来,就让它更确定无疑了。

我们在塑料椅子上并排坐下,喜乐卧在我的脚边。我用小腿紧挨着它,像是给它拥抱的力量。但是我觉察到它在发抖。我伸手拍拍喜乐的头顶。它舔了舔我的手,不过没那么热情,好像在说:我本来以为你喜欢我,干吗带我来这儿?

爸爸在阅读一些关于动物瘟热、狂犬病、肝炎之类的小册子。我在研究墙上的一张狗的挂图。这是一张狗的侧面图,它身体的每个部位都标注了名称,有些我从没听说过。要是我今后想当一名兽医,是不是都得了解呢?所以我立刻开始记忆:肘关节,腰部,臀部,体高,胸部,后膝关节,上唇……真应该带上我的笔记本,这样我就能都抄下来了。

黛拉琳正在读有关蠕虫的介绍。她坐在那儿,嘴巴张得老大,眼睛瞪得有五角硬币那么大。她推了推我,小声说:"马提,你知道狗狗身上都有蠕虫吗?"

"是呀,"我告诉她,"我知道。"

"活的蠕虫!"黛拉琳说,现在她的眼睛有一元硬币那么大,"在它们身上爬行!"她的表情愈加惊恐。然后她盯着我说:"可能喜乐身上也有。"

"我估计它也会有。"

"那医生怎么知道它有没有?"她问我。

我靠近她低声说:"你得检查它的粪便。"

"天哪!"黛拉琳叫出声,用手捂住了嘴巴。

比起逗她开心来,我更喜欢恶心她。

轮到喜乐进检查室了。我站起来,拉了拉绳子,喜乐一副可怜兮兮的模样跟在我身后。

兽医是个高个子。敢打赌,他准有一百九十厘米高。他也穿着蓝色衬衫。他有着大脑袋、大耳朵,还有大大的微笑。

"好呀好呀,那么这就是喜乐哟!"他声音友好而从容。爸爸把喜乐抱起来,放到检查台上。"这就是墨菲医生跟我提过的喜乐?"

"就是它。"爸爸说。

最初的五分钟,约翰·柯林斯医生先是轻轻抚摸喜乐,温柔地跟它说话。他把手放在喜乐的耳后,摩挲它的头顶。很快,喜乐觉得事态仿佛没那么糟糕,它开始活跃起来,摇着尾巴,还舔了医生的手和下巴。柯林斯医生笑起来。

他问了一些关于喜乐的问题,比如它接种过哪些疫苗。我们当然答不上来,因为我们不知道贾德把它买来之前谁是它的主人。医生问平时给它喂什么。看得出,他并不赞同把餐桌上的剩饭喂给喜乐吃。

"你们一直把它照料得很好,但如果在饮食中增加蛋白质,它会更健康。"柯林斯医生说。他还给我们介绍买哪种狗粮好,在哪儿买最便宜。

他给喜乐打了两针。喜乐并没有什么痛苦的反应,只是缩了一下。医生告诉我们不要给喜乐吃骨头,要保证它

喜乐季

喝新鲜的水,每天清洗它的餐盘,还给我们讲解了如何清理它身上的跳蚤……

爸爸和黛拉琳带喜乐出去付账单的时候,我问柯林斯医生:"向您请教一个我想了很久的问题:用铁链拴起来的狗会变得凶恶刻薄,对吗?"

"它们因为害怕才变得刻薄。"医生说,"当你用铁链拴住一条狗,它会觉得陷入困境,失去了自由。当有人或其他动物靠近的时候,它以为对方要发起攻击,所以它不得不表现出强大凶猛的样子,想吓走敌人。"

"那它们一辈子都会那么凶恶吗?"我又问。

柯林斯医生摇了摇头说:"不会的。一旦你给它们解开锁链,还它们自由,它们就不再担心生命安全受到威胁。它可能不会马上转变,但如果它意识到你是值得信赖的人,知道你会善待它,它就会变得忠诚温驯了。"

回到家,我坐在厨房的餐桌边,把今天的见闻都写进我的报告里。现在我认识了一位兽医,我可以给他打电话,向他咨询。而且我还想,怎样才能拥有自己的动物诊所呢?如果能把我的名字赫然写在门上,那多了不起。如果大家的宠物有什么疑难杂症来找我,我都能一一解答,那多神气!但是,两天后发生了一件事,我真不知该如何应对了。

事情发生在周三下午放学后。周三是个很普通的日子。那天班上有好几个孩子提交了关于"畅想未来"的报告。

萨拉站起来读了她的报告,说她想成为一个游泳健将,横渡英吉利海峡。泰尔伯特小姐说,这是个很有趣的目标,但是之后的人生目标呢?萨拉还需要考虑等她成了游泳冠军之后,游泳对于她的人生有什么深远的意义。

喜乐季

萨拉把她的报告交给了老师。弗雷德·奈尔斯也读了他写的报告。他想当警察,他说如果进不了警察部队,做一名抢险营救队员也行。

泰尔伯特小姐说这是个很好的例子,说明我们可以用不同的方式来帮助和保护别人。男孩们得意地瞧着萨拉。但是接下来劳拉·赫恩登站起来,她说她想要开一家饭店。如果开不了饭店,她也要做个大厨。如果做不了大厨,她就当个餐馆服务员。如果连服务员都当不了,她就从洗碗工开始奋斗。天哪,劳拉真会讨老师的喜欢。泰尔伯特小姐果然很欣赏劳拉从零做起的说法。

我和大卫互相交换了一下眼神。我想,看来得好好下点功夫再提交我们的报告。

而就在那天下午大约五点钟时,发生了一件事。

爸爸还没有回家,妈妈在厨房里一边听新闻一边煮萝卜和洋葱。

黛拉琳在鸡舍和棚屋之间系了一根电线,她把装燕麦饼干的空盒子穿在电线上,这样就可以玩空中缆车的游戏了。"缆车"从一端滑到另一端。看上去还挺有趣的,我怎么就没想到这个主意呢?

贝琪和喜乐在草地上打滚儿,这种游戏对于喜乐来说有点儿无聊,但它还是尽心尽力地陪着贝琪嬉戏。贝琪把它弄成四脚朝天,再给它翻个身。每次喜乐都要费力地转过身,双腿用力撑地才能爬起来。但它对贝琪非但不反抗,还时不时地转身舔舔她。

我正从家里的两棵苹果树上摘苹果。家里做果酱用的桃子都没了,妈妈叫我把剩下的苹果全摘下来,看够不够做苹果酱用。

我找到六个。这时,远处传来一阵狗叫声,而且声音越来越近。喜乐扭头转向声音传来的方向,然后它站了起来,全身紧张。贝琪一骨碌又滚进了草地。

"是谁在叫?你的朋友吗?"我问喜乐,同时想起了那只黑色的拉布拉多犬。

但是听这闹腾劲儿不像是一只狗发出的叫声。声音越来越大,我想着会不会突然间从房子后身的树林里蹿出贾德·崔佛斯的那三只狗。就在这时,它们真的出现在我眼前。

第十一章　恶狗的袭击

来不及多想,我一只手抓起喜乐,另一只手拎起贝琪,撒腿跑上门廊。

"妈妈!"我大声喊。她已经往门口来了,她给我打开纱门,我把两个小家伙放在屋里。喜乐跑到窗户边,后腿站立起来,前爪搭在窗台上,一个劲儿地向外望。

"黛拉琳?"妈妈喊道。

我转身跑回门廊,只见黛拉琳后背抵着鸡笼,被那些张牙舞爪的狗团团围住,身体像冻僵了一样动弹不了。我的第一反应就是:是贾德放它们来攻击我们的。

妈妈冲下台阶抄起晾衣杆,我从门廊边抓过我的棒球球棒,一齐朝鸡笼冲去。

黛拉琳尖叫着,抬起手肘挡住自己的脸。那只黑白相间的猎狗蹿上前去咬住了她的手臂。

"哐!"妈妈给那只狗狠狠来了一记重击。其他的狗吠叫着,回过身来。我以每小时 90 千米的速度挥舞着球棒,妈妈抡起晾衣杆又来了一记重击。那些狗退却了。

空气中混杂着各种声音:狗的吠叫声,妈妈的呵斥声,黛拉琳的尖叫声,喜乐焦急的叫声,贝琪站在纱门旁哇哇的哭声,鸡笼里受了惊吓的鸡骚动不安的咯咯叫声。

那只黑白猎狗大概是头领。当妈妈的晾衣杆又一次戳下去时,它见势不妙仓皇逃出了我家院子,其他狗也紧随其后。

妈妈赶紧把黛拉琳抱回家,用肥皂水给她清理伤口。

这时,爸爸回来了。

"路上是谁家的狗?"他问。

"贾德的!"我告诉他,"它们被松了铁链跑到这儿,其中的一只咬伤了黛拉琳。"

黛拉琳啜泣着说:"我什么也没干,我没惹它们。我就是在院子里玩,那些狗出现了,还咬了我。"

"你确定它们是贾德的狗?"爸爸问。

"到哪儿我都认得它们。"我说。

妈妈打电话给墨菲医生。医生说要马上报警把那些狗抓起来,那只咬人的狗得隔离十天,观察它是否患上了狂犬病。如果是,那黛拉琳就需要接种一系列的疫苗。要是我们找不到那只狗,为了安全起见,黛拉琳也必须得接种那

些疫苗。

黛拉琳放声大哭起来。

爸爸给警官打了电话。警官说已经有人向他报告,那群狗咬死了一只猫。他已经派人去寻找它们了。

黛拉琳还在啜泣。贝琪也在哇哇哭,但她纯属凑热闹。喜乐从一扇窗跑到另一扇窗,踮着后腿呜呜叫着。这时妈妈锅里的萝卜烧焦了,平底锅开始冒烟了。

妈妈关了火,把贝琪抱到门外的秋千上,然后试图让自己冷静下来。

"让我们先坐在这儿休息一会儿。"她说,"贝琪,又不是你被咬着了,所以别哭了。黛拉琳,被狗咬不会马上死掉的,所以过来坐在我旁边。让我安静五分钟,要不然我的脑袋就爆炸了。"

贝琪抬头看着妈妈的脑袋,开始吮大拇指。

爸爸和我带着喜乐也来到门廊上。我们在台阶上坐下,喜乐绕着院子四处跑,嗅着那些狗留下的踪迹。我猜,狗鼻子能闻出许多我们人类察觉不到的信息。

"搞不懂这些狗是怎么挣脱铁链的。"爸爸说,"贾德用来拴狗的铁链连成年男人都挣不开。马提,那些狗戴着铁链吗?"

"没有铁链。我好像看到它们脖子上都没拴项圈。"我告诉他。

正当我们惊心动魄的忙乱劲儿就快平息时,贾德的卡车一转弯开进了我家的车道。

"好,看谁来了。"爸爸说。

喜乐又僵住不动了,就像块石头。这卡车的声音对它来说比它自己的名字还耳熟。贾德把车停在爸爸的吉普车旁边,一只脚刚迈出来,喜乐就噌地钻到了台阶底下。似乎它觉得连我都保护不了它,它得找一个不见光的地儿隐蔽起来,远远地躲开贾德·崔佛斯。

贾德穿过院子走近了,脚上的牛仔皮靴嗵嗵作响。他的脸色凝重,像乌云密布天空。要是让贝琪选一支蜡笔把贾德的脸画下来,她肯定选青紫色。

"雷·普雷斯顿,我要控告你随便把我的狗放出来。"贾德一张口就这么说,声音比平常高了三倍。

"先冷静,贾德。我可没有做这种事。"爸爸告诉他。

"那就是你让你家的小子干的。"

"马提跟这件事没有任何关系。"

"好呀,有人到我家,给我的狗松开铁链。一个邻居说他看见我的狗奔你这儿来了。"

妈妈开口说话了:"它们刚才的确都在这儿,其中一只还咬了我的女儿。黛拉琳,给他看看!"

黛拉琳举起胳膊,还使劲地抽搭了下鼻子。

"要不是马提把贝琪抱开,说不准它们还会咬到她。"

喜乐季

妈妈继续说。

但是贾德不相信。

"这就是个有预谋的谎言。真是前所未闻。警察告诉我说他找到了我的狗,他要把其中一只在笼子里关两个礼拜。那是我第二得力的猎狗,黑白相间的那条。"

"只有这样我们才能确定那条狗是否患有狂犬病。"爸爸说,"凡是咬了人的狗都需要观察。"

"我明白你想要干什么,别以为我不知道!"贾德根本听不进去,继续叫着,"你们夺走了我最好的猎狗,现在你们又编造故事夺走了我第二得力的猎狗。就因为这个,我得白白浪费两周的狩猎好时机。我要你们把那只比格尔猎狗借给我。我有权使用它。"

我的心在胸腔里几乎要炸开了。

"不行!"我说。

"贾德,"爸爸说,"我们为什么不坐下?我们不要冲动,像男人那样冷静地谈谈。"

"不坐。我没什么可谈的,除非你答应借我这条狗用用。"

贝琪从秋千上出溜下来,喊道:"你不可以借用它!"她的小脖子梗着,小脸怒气冲天,鼻子眉毛都拧在了一起。她毫不客气地回敬这个高大的老男人,尽管只能冲着他的靴子。不过我瞧见她的一只手始终紧紧地扯着妈妈的裙角。

"安静,贝琪。"妈妈对她说。

"贾德,"我尽量平心静气地跟他讲道理,"即使我们同

喜乐季

意让你把狗带走,喜乐它自己也不乐意。它是不会跟你走的。"

"它会走的。好吧,它在哪儿?"贾德说着,吹了一声口哨。

喜乐趴在台阶底下一动不动。我估摸它连呼吸都屏住了,大气都不敢出。

"看见没?"黛拉琳在一旁叽叽喳喳地说,"连影儿都没见!"她指着台阶下面。我真该把她摁到水里去。

贾德走到台阶的一侧,弯下腰,手脚着地。我离他很近,能闻到他呼吸里的啤酒味。他还没醉,但是肯定喝了酒。

"这儿!你这狗!"贾德吆喝道,又吹了一声口哨,"过来,到这儿!小子!来!"

我真想知道此时此刻喜乐在想什么。它会不会以为是我答应这个男人把它捉走的?

待在那儿,别动,喜乐。我在心里祈祷着。但是我想起第一次把它带回来时的情景,当时它趴在贾德家附近的荒草丛中。正是我吹了声口哨,它才来到我跟前的。万一喜乐还是惧怕贾德,以为听到口哨不乖乖地出来又会下场很惨,结果就出来了,那该怎么办?难道我就眼睁睁地看着它被贾德带走,甚至带走长达十天之久?爸爸能答应他这么干吗?

喜乐没有出来。我心中暗喜。喜乐大概是躲在了台阶下最靠里面的角落。

贾德爬了起来，嘴里骂骂咧咧的。他找来了晾衣杆，打算把我的狗轰出来。

"不！"我又喊起来。这回我站了起来，"你不可以这样对待我的狗！"

"贾德，把晾衣杆放下。"爸爸也站了起来，他的声音强硬起来，"那只狗现在属于马提，不经他的允许，你不能把狗带走。我明白，你的那些狗被松开铁链放出来乱跑，你很难过。但是你跑到这儿闹事并不能解决问题。"

妈妈接着说："我女儿胳膊上被你的狗咬了一口，可我们没打算跟你对簿公堂。我们没有理由要这样势不两立。"

贾德手握晾衣杆站在那儿，足有十五秒钟。他瞪着爸爸，然后又瞪着我，甚至还瞪着眼睛看看妈妈和女孩子们。

突然，他把晾衣杆丢到地上。

"我跟你没完，雷·普雷斯顿。"他说，"我知道这一切都是你和你家的小子幕后耍的手段。我敢用我一礼拜赚的钱打赌，我要让你吃不了兜着走！我告诉你，你会后悔的！"

他转身走出院子，上了他那辆卡车，在我们的草坪上掉转车头。他的车油门轰鸣，轮胎发出尖厉的摩擦声，喷着白烟，尘土飞扬地开出了石子铺成的车道，左转离去。

喜乐轻手轻脚地从台阶下钻出来，尾巴还垂在后面。

099

喜乐季

它紧紧地依偎着我,我伸出手臂环抱住它。

我们都一言不发,只是坐在那儿,看着贾德的车绝尘而去,开上了公路,转了弯。

第十二章　近在咫尺的枪声

　　第二天的校车上，大家都在谈论贾德和他的那群狗。当然少不了黛拉琳的份，她在车厢的过道里跑来跑去，让大家参观她的伤痕。故事从她嘴里出来便升级了一个版本：当妈妈拿着晾衣杆赶来救她时，那条狗龇着牙几乎把她的胳膊咬掉了。

　　那条黑白相间的狗被迈克尔的爸爸捉住了。其余两条狗逃走了，但是很快也被逮了回来。迈克尔的爸爸说，即使别人不放出贾德的狗，没准儿他也会这么做，因为贾德把他家的信箱都撞翻两次了。我想，镇里应该有不少人都对贾德的行为忍无可忍了。

　　我们为唐纳森夫人的猫感到难过，它就住在贾德家隔壁。萨拉听说，那只猫当时正卧在台阶上晒太阳，结果被那群脱缰的狗捉住，咬断了脖子。估计唐纳森夫人也会把这

只猫葬在屋后唐纳森家族的私人墓地里。

弗雷德·奈尔斯听说，是那个和贾德在本斯伦动拳头的家伙，趁贾德上班不在家，把他的狗放了出来。但是没人可以证实这一点。

大卫的想象力大发，收也收不住。在校车上听说了唐纳森夫人的猫、黛拉琳的手臂以及来自本斯伦的男人的事之后，他说："如果那些狗对那只猫下了手，那么它们可能也会对一个婴儿下手。"

"什么婴儿？"我问。

大卫耸了耸肩说："任何一个婴儿。我只是说'可能'。万一有谁把孩子放在婴儿车里临时离开，等回来却发现孩子不见了呢？如果我们听说谁家的孩子找不到了，我敢打赌，一定跟贾德家的狗脱不了干系。"

我们一路上议论着失踪的猫、失踪的婴儿、被咬伤胳膊的女孩，还有一大帮从本斯伦来找贾德麻烦的男人。伴随着热烈的讨论，校车到达了学校。

但是我脑海里一直放不下贾德那些狗的事。我担心一旦它们成群结队、嗜血成性，就很难再驯服它们了。我想把这些都写进我的报告中。因此，放学一回家，我就给柯林斯医生打了电话。

等了好一会儿，他才赶来接听电话。他的助手告诉我，他正忙着为一只被蛇咬伤的狗做治疗。等他来接电话，我向他请教了一连串的问题:关于狗群,关于一只凶恶的狗能否被驯服,还有兽医在这种情况下会怎么做等等。

"这比较棘手。"柯林斯医生回答,"但是我也看到过成功的例子。你得把狗群分开,每次单独驯一只。有时狡猾凶恶的狗躲藏起来,你可以先在它够得到的地方给它丢点吃的。它也许不会马上过来吃,但是等它饿了,它会渐渐靠近食物。一旦它能接受你给它的食物,它就会留意倾听你发出的声音,慢慢地就会和你熟悉起来。等它信任了你,它会接受你对它的亲昵动作。这需要时间,你得有耐心。"

我谢过了柯林斯医生,并把这些全都写进了我的报告。

第二天,见全班都在热烈地讨论贾德的事,泰尔伯特小姐提醒我们:要学会辨别事实和传言。

她说,事实真相是你亲耳所闻、亲眼所见的,而传言只是你从旁人那里得来的二手消息。传言可能是真的,也可能是假的,因为毕竟只是从别人那儿听来的。还有可能部分是真实的,因为有遗漏或添油加醋的成分。

我仔细思考了一番,发现这两者之间还有另一个区别:真相更举足轻重,而传言更妙趣横生。

大卫和我的报告都得了高分,因为我们确实去请教了真正的守林人和兽医。

不过下课铃声响起的时候,泰尔伯特小姐说:"马提,

喜乐季

我能跟你谈几分钟吗?"

我当然不能拒绝了。于是,大伙儿都到外面踢球了,而我坐在讲台前,和泰尔伯特小姐面对面。

我看见泰尔伯特小姐面前摊开着我的报告,上面画了不少大大的红色圆圈。不过她的表情倒不像生气的样子。

"马提,"她说,"我和你一样,在我们从小生长的家庭里,大家说话都轻声细语,像夏日那样轻柔美好。但是大多数人并不是这样的说话方式。同样,如果你按自己口语化的方式来写作,别人读起来就会有些困难。"

然后她把那些画了红色圆圈的词指给我看:"don't"应该改成"doesn't";"nothin"应该改成"nothing";"ain't"应该写成"aren't"或是"isn't"。还有很多不规范的表达。

"在家里这么说话没有问题,"她告诉我,"家里人的谈话亲密随意。我的祖母住在密西西比,每次我回到她那里,大家围坐在一起,轻松自在地聊着家常,我也会用那种简单通俗的日常表达,大家也都明白我的意思。"

她对我微笑,我也对她笑了笑。

"问题是,"泰尔伯特小姐继续说,"在学校的表达方式和在家里的谈话方式是不同的。你得使用正式而严谨的语言。如果你希望今后读大学,并且成为一名兽医,你就需要学习如何正确地拼写单词,如何用正规语言写作和谈话。"

以往每次老师要我在课间留下,都是因为我惹了大麻烦。但是这次,当我离开教室去和大家一起踢球时,我感到的是泰尔伯特小姐对我寄予的殷切希望。

"你闯什么祸了,马提?打碎了玻璃?"弗雷德·奈尔斯大声问。

"哪有,她只是跟我谈谈我的报告。"我回答。

最近爸爸总是少言寡语,这成了家中的一大问题。我几乎从没见过他沉默这么久。我能看出,好像有什么事困扰着他,使他都无暇顾及其他了。有时你以为他在看电视,可过了一会儿却发现,他的眼神已经飘到窗外,根本没看电视屏幕。

"真希望跟贾德之间的纠葛快点解决。"周日,他站在门廊上说。天气渐渐转凉了,在外面坐久了得披一件外套。有好几周,我们都没荡着秋千聊天儿了。"马提,你说得对。"爸爸继续说,"也许我们在事态失去控制之前,就该请贾德来家里吃个饭。我们本应该把事情说开了,达成一个君子协议。昨天我经过他的信箱,他对我说:'把信放那儿。走吧,我没兴趣跟你谈话。'"

"有人把贾德的信箱修好了?"

"我看是贾德自己修的。没人会去帮他修。"

我了解爸爸,他是希望与贾德和解的。我长这么大还没见爸爸有什么解决不了的问题。但现在贾德失去了理

智,这让他的和解工作更艰巨了。让我担忧的是,如果他们最终能达成某种协议,那无论决定是什么,喜乐一定是协议内容中的一部分。

看爸爸忧心忡忡的样子,我想起我也曾有过这样的心情:给贾德打工那段时间,我总担心即使我干满二十小时,他仍然会食言,不肯把狗给我。

于是那时我对贾德下了最后通牒。我告诉他,如果我得不到喜乐,我就把他非法狩猎的事报告监察官。要不是为了喜乐,我做不出这样的事。我太想把它救出苦海了。

爸爸也一样。他宁愿允许邻居在他的领地狩猎,也不愿跟别人发生争执。但一旦事关孩子们的安全,爸爸就像换了个人似的,言谈举止跟平常截然不同。现在我们所有的人似乎都只能坐观事态的发展了。

"爸爸,"我说,"不管发生什么,你都不会让我把喜乐还回去的,对吗?"

爸爸哼了一声,摇了摇头。如果他能明明白白地说"不",我心里会更踏实。

几天之后的晚餐桌上,贝琪环顾四周,问道:"我们干吗这么安静?"

"我可不安静!"黛拉琳跃跃欲试地准备做点什么,"你可以跟我说话呀,贝琪。"

"想听我唱 ABC 歌吗?"贝琪问。

"贝琪,嘴里有食物时别说话。"妈妈说,"来,我希望你吃肉时再加点菠菜。"

贝琪低头看看盘子里的菠菜,说:"它看上去像便便。"

"贝琪!"妈妈责怪她。

黛拉琳咯咯地窃笑。贝琪又说了一遍。

妈妈没辙了,她只好改变话题,以拯救这场糟糕的晚餐谈话。于是她对爸爸说:"今天我从赫蒂那里听说了些事。"

"这回又怎么了?"爸爸努力振作起精神,微笑着问,"他们把奶奶关了禁闭,还是怎么的?"

"她有没有逃跑?"黛拉琳问。

"黛拉琳,你们的奶奶又不是被关进了监狱。"妈妈说。

"哦,那么,她这次做什么了?"我问。

"又偷东西了。"妈妈说。

"钱?"我问。

妈妈看看爸爸,说:"牙齿,假牙。"

我们实在忍不住了,都一下子喷笑出来,想想奶奶摇着她的轮椅,从一个房间溜到另一个房间,偷偷收集别人的假牙,这画面让我们忍俊不禁。

"他们怎么能确定是她干的呢?"爸爸问。

"护士试着跟奶奶交谈,可她就是不张口。最后只好请

107

喜乐季

医院的勤务工帮忙,撬开她的嘴唇,原来她戴了两副假牙,一副是她自己的,另一副是她隔壁病友的。"

爸爸也哈哈大笑,眼泪都笑了出来。我多少有些难过,谁都知道,奶奶不是有意偷东西的,而大家却都以她的行为取乐。不过,我意识到有些事就是让人觉得既悲伤又可笑。我们为她的病感到伤心,但是我们也为她幼稚滑稽的举动感到可笑。

晚餐后,爸爸到厨房帮妈妈洗盘子。我听到妈妈唱起了歌。爸爸一定很爱听妈妈唱歌,从他看她时的那种欣赏的眼神就知道。

这会儿我很生贾德的气,要不是因为他,我们全家每天晚上都会像现在一样快乐。

天还没那么凉,我和喜乐还能到屋外去溜达。于是我带它出去跑步。我常常考验它的脚力,跟它比赛谁跑得快。我们下了台阶,站在同一条起跑线上。

"准备好!"我拖长了声音,喜乐抬头盯着我。"预备——"喜乐的身体收紧,微微颤抖。"跑!"我拼尽全身气力发出口令。

我俩在我家的车道上飞奔,就好像屁股后面有一群狼在追赶。其实我也在锻炼自己的脚力,不光是喜乐的。因为我一边跑一边慢数五、十、十五,希望能在数到二百时跑到

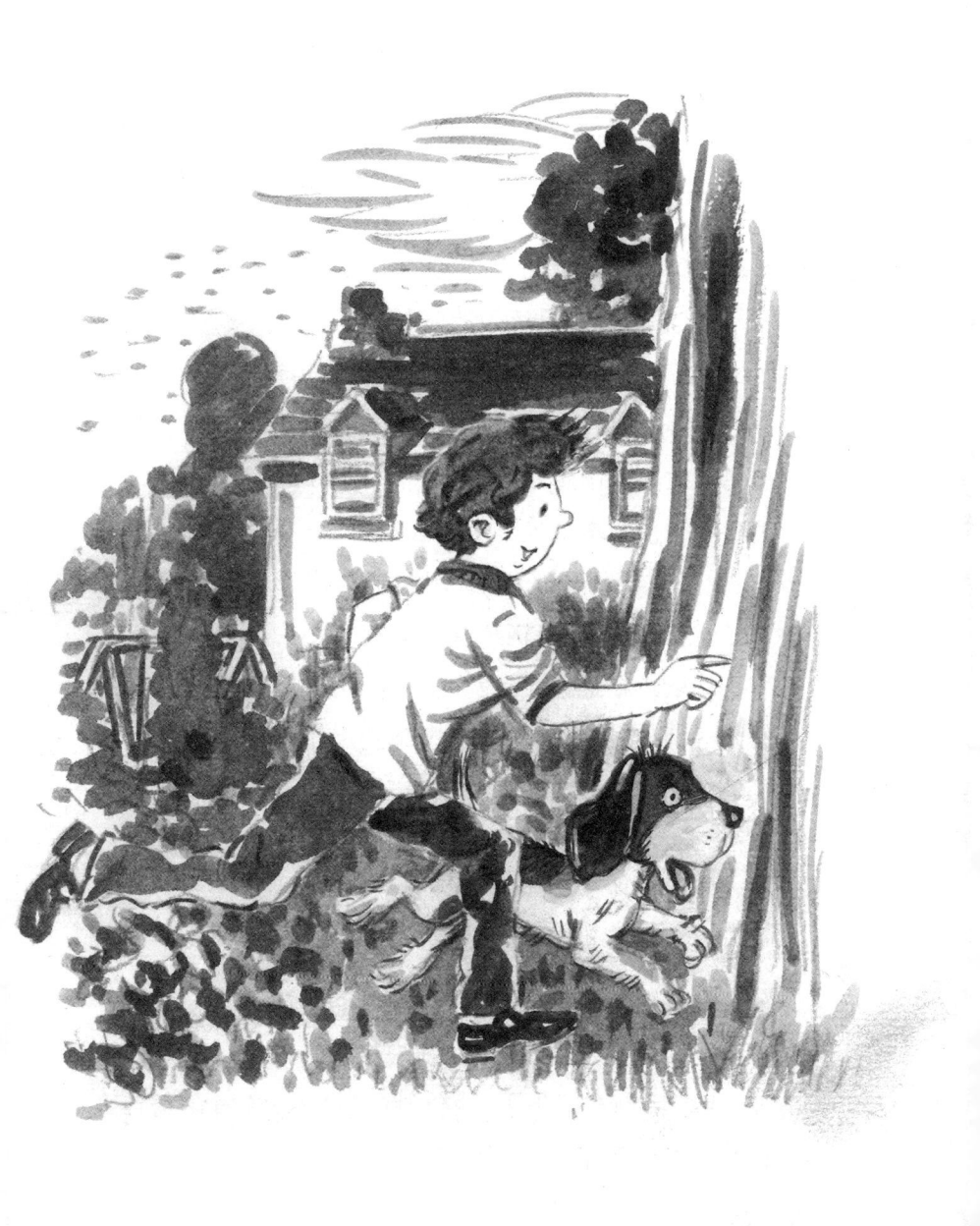

喜乐季

墨菲医生家。我现在还没达到这个目标,最快也要数到二百三十五才到达目的地。但是我想,只要坚持训练,我很快就可以做到。真不好意思说,黛拉琳现在已经能做到了。她比我跑得快,可能是因为她的腿细吧。

傍晚时分的公路上几乎空无一人,大家都正在家里吃晚饭呢,所以这会儿正是练习跑步的好时机。喜乐跑到了我前面,它似乎很清楚我们要去哪儿。我的汗珠都滴到眉毛上了,可喜乐还像个上了发条的玩具一样动力十足。不过等我们到达墨菲医生家时,它也气喘吁吁的。

我们在一截圆木上坐下来休息。估计这原是一根电话线杆,医生把它滚到公路边上,用来给他家那块地的拐角处做个标记,以免其他车辆从这里碾过。我在那儿坐着,汗如雨下。喜乐趴在地上,离我大概两米远,吐着舌头,滴答着口水,看来回家后得给它的碗里添满水才行。

喜乐看着我,好像在等待"回家"的指令。我说:"稍等一分钟,喜乐。"我向上舒展胳膊,想缓解一下身体侧面的疼痛。然而正当我准备起身的时候……

"砰!"

有什么东西重重地击到圆木,它剧烈地震动了一下。我不知道是因为圆木滚动,还是因为这声音产生了巨大的冲击波,我朝后倒在了地上。喜乐跃过圆木,蜷缩在我身边。我立刻意识到是有人向我们开了枪。

刚刚的跑步比赛让我的心怦怦跳个不停,这会儿它简直要爆炸了。我拿不准是该原地不动,还是该爬到医生的房子那里。他的家没有灯光,很可能这时他并不在家。我担心如果我挪动的话,喜乐会成为那个不名人物的射击目标。

接着我听到引擎发动的声音。我趴在地上,树叶遮住了我的脸,但是我听出来了,那是贾德的卡车,它转弯上了公路,往桥的对面方向开去了。

等卡车远离了我的视线,我才坐起身来。我爬回圆木处,查看被子弹击中的位置——那里有一个醒目的小圆洞,与枪的口径差不多大小。

我长呼了一口气,把喜乐抱过来,放到腿上。我能感觉到自己膝盖在发抖。一定是刚才当我和喜乐在公路上赛跑时,贾德恰好开车过桥,他看见了我们,之后把车停在路边,带着来复枪一直尾随我们。

我脑子里一下涌上三个念头:首先可以肯定的是,这是贾德企图伤害我或喜乐意图最明显的一次;第二,我不清楚他是否真的要杀掉我们俩中的一个,但是他脱靶了,所以兴许他只是想吓唬我一下,要么就是他又喝得酩酊大醉了;另外还有一点是可以肯定的,这件事我不能告诉爸爸。

我不能告诉爸爸。我想起晚餐时刚刚听见爸爸难得的

喜乐季

笑声,可是这样欢声笑语的夜晚第一次让我觉得如此漫长。况且现在告诉他也于事无补。爸爸会努力平息和贾德之间的纷争的,我知道他一定会的。但是现在,我不能到处乱跑了。我得让自己和喜乐远离公路,特别是在晚上。我可不想再给贾德任何可乘之机。

第十三章 真相与谎言

周六我还是得去墨菲医生家,帮他在后花园装上围墙挡板。有件事在我心里变得越来越沉重,我觉得自己就要承受不住了,那就是:贾德射击的目标不是我,不是。

在我和墨菲医生工作的间隙,他拿来一罐鲜榨苹果汁放在台阶上,我拿起我的杯子喝了一小口,忍不住问道:"我做了些不该做的事。但是如果我可以重新选择的话,我不确定我会不会改变决定。"

墨菲医生看看我,喝了一大口果汁,"好吧,看来我们有故事听了。"

"真希望这些事没有发生在我身上。"我开始讲,越讲越觉得这些事必须说出来。如果我憋在心里,我的胸口会爆开一个口子的。

我咽了一下口水,终于开口说道:"你知道……在喜乐

喜乐季

被德国牧羊犬咬伤之后,我们大家是怎么照料喜乐的,对吧?那个周日,我们就要把喜乐归还给贾德的那个周日,我去了贾德家。我一早就去找他谈,希望他能把喜乐留在我

家。我愿意为换回喜乐做任何事,哪怕是和贾德打起来我也不怕。我不能把喜乐还给他。"

医生疑惑地看了我一眼,一个十一岁的小男孩怎么打得过体重将近二百斤的汽车修理工呢?说实话,我当时也没考虑到这一点。

"但实际上,我在树林里遇到了贾德,我看见他射杀了一只鹿,一只雌鹿。"

"在夏季?他捕杀了一只雌鹿?"

"他用来复枪射击。而且那里也不是他的领地,他自己也承认。"

"他会因此遭受严厉的惩罚,会罚他一大笔钱的。"医生说。

"我知道。我威胁了他。"

医生放下手中盛着苹果汁的杯子,胳膊搭在膝盖上,盯着我看了很久。

"我从树林里冒出来时,贾德很气恼,他知道我目睹了他的罪行。我说现在不是狩鹿季,他应该明白我会怎么做。我说我会报告狩猎监察官。他说如果我不说出去的话,他会给我家分些鹿肉。"

"哼。"医生说。

"我告诉他我不想要他的鹿肉,我想要喜乐。因此我们达成了一个协议,我帮他把鹿拖到他家,我得对这事守口

喜乐季

如瓶，并且还得为他干两个星期的杂活儿，之后，喜乐就归我了。于是我就这么做了。这事我没有告诉爸爸。"

"我明白了。"医生说。

"现在我想请教你，医生，"我说，"怎么做正确呢？向狩猎监察官报告贾德狩鹿的事，并把喜乐还给他？我从没见过一只狗像喜乐那样惧怕一个人。"

"好吧，马提，在我看来，你那时认真思量了，并且做了你认为最佳的选择。"

"但是这是否是个正确的选择呢？"我问，"我没有检举贾德非法狩猎的事，而现在他还在继续这么干。爸爸说，他最近在我家附近的林子里打猎，尽管我们立了禁止狩猎的牌子。他很可能是喝醉了之后闯入的。万一他丧失理智乱开枪，他的子弹会不会伤到贝琪？"我深深地吸了口气，"有时我都睡不好觉，总担心这件事。"

我还没有告诉医生，如果我检举了贾德，他们会没收他的来复枪，这样一来，昨晚的事就不会发生了。不过，也许他们不会没收他的枪。

"有些人，"医生说，"认为他们任何时候都能明辨是非，任何时候都能做出正确的选择。可事情的发展往往出人意料。"

"你也有过这样的时候？"我问。

医生微微笑了一下，"特别是我，深有体会。我成长的过程就是学会诚实的过程,马提。我父亲一旦捉到我说谎,我会被鞭打一顿的。我从中学到大学,再到医学院,从来没有一次考试作弊。但是真正的考验还在后面。"

本来墨菲医生付给我酬劳,我应该好好干活儿,可我现在却坐在他家台阶上的阴凉处,喝着冰镇苹果汁,听他讲他的故事。不过,他看起来并不介意。

"后来我面对过许多次这样的考试。但是这些考试和学校中的考试不同。曾经有一位病人,我没能治好他。我知道大家都喜爱他,但是他的生命没剩多长时间了。他自己一直认为他会恢复健康的,他的妻子也说她知道他会好起来的。当他们问我他的病情如何时,我……我只能绕着弯子回答他们。我那时只希望别成为让他们伤心的那个人。"

"那后来呢?"

"他去世了。在一个周日,他的病情恶化,周一就去世了,连遗嘱都没有留下。还没来得及教他的妻子开车,还没交代如何打理他留下的生意。他的妻子来找我说:'你为什么不早点儿告诉我们他的病无法治愈了?那样事情会容易得多。'"

"但是你本以为……"

"我本以为向他们隐瞒事实是对的,可我的想法错了。所以当再次遇到一位我无法治愈的病人时,我决定告诉她实情。她是一个画家。在全州各地都开过画展——亨廷顿、

喜乐季

查尔斯顿、摩根敦,甚至纽约城。我知道她的生命没多长时间了,可能她有很多事情需要处理。因此当下一次她再来到我的诊所,谈起她的疼痛,我就尽可能温柔地告诉她,她应该准备安顿后事了,因为她有可能无法举办她所提到的下一场大型画展了。"

说到这儿,医生深深地吸了一口气,把手肘撑在身后的台阶上。

"唉,她五个月之后去世了。她的朋友寄给我一封愤怒的信,质问我为什么要告诉她实情。她当时正在创作三幅画作,她有生以来最棒的三幅画。而当得知自己即将告别人世的消息,她再也没有拿起画笔。她整日待在家中,关上百叶窗,就这样度过了五个月,然后去世了。"

我坐在那里思索着。"也许你可以说些介于真相和谎言之间的话。"我建议道。

"哦,不要以为我没这样尝试过。我对另一个病人这样说过,'只有上帝知道我们的生命何时终止。'他直视着我的眼睛说:'这我知道,医生。但是以你的经验,像我这样的病人还能维持多久?'没有比这更直白的问题了。而我也不确定,他是否真的愿意知道真相。"

医生拿起杯子,把果汁一饮而尽。"毫无疑问,人们知道对自己来说什么是对、什么是错,而且我们有法律在规范所有人的行为。但是除此之外,有时在某种情况下是对的选择,在另一种情况下却是错的。可每一次你都得做出决定。这是最难的。"

那天下午,等我回到家,我才意识到医生其实并没告诉我到底该怎么处理关于非法狩猎的事,但是他让我明白,不管大人还是小孩,你的生活中总会遇到些麻烦事,而且不那么容易找到解决的办法。

大卫打电话给我。

"你明天干吗不到我家来呢?"他说,"去年我生日时收到一个拼图礼物,还没有打开过呢,是一幅海底世界的拼图。"

大卫的爸妈就爱给他买这种与学习有关的礼物,难怪他从未拆封。

"你知道海底最深处有多深吗?"大卫问我。

"不知道。"

"猜猜看。"

"一千米?"

"将近一万两千米呢!"

"你说谎,大卫!"

"你明天过来亲眼看看就知道了。两点来我家吧,我给你看拼图。在海底也有山脉和山谷,跟陆地上一样。"

听起来有点儿意思。"好吧,我来。"

黛拉琳很兴奋,因为她再等四天就能知道贾德的那条

喜乐季

黑白相间的狗是不是得了狂犬病。它看起来不像得了病。如果真是那样的话,她就不用接种疫苗了。她穿着袜子在厨房的地板上滑来滑去地旋转,模仿溜冰的样子。然后她又拉着贝琪的手,两个人在妈妈打过蜡的地板上转呀转。

"这倒好,"妈妈在客厅边吃苹果边说,"她们把地板擦得锃光瓦亮啦。"

可她们俩还要拽上喜乐也加入进来,她们忙活着给喜乐的爪子套上贝琪的袜子,又给它穿了一条黛拉琳的短裤,还有一件上面印着"狂野又精彩的西弗吉尼亚"字样的T恤衫。她们尖叫着,嘎嘎笑着,四处找礼帽和太阳镜。难得喜乐能容忍这一切,我认为,真应该给它颁发一枚荣誉勋章。

爸爸回家了,他带来了新消息。今天在送信的路上他听说,就在这个礼拜,贾德有一天喝得醉醺醺地去上班,他的老板告诫他下次最好别再发生这样的事。

他做的事真是一件比一件糟糕。先是撞倒信箱,后来又和别人打架,醉酒开车,现在又醉酒上班。也许他会被解雇,搬离这个地方。我想,这样对我们有好处。不过现在,除非万不得已,否则我不会再到公路上玩了,也不会把之前发生的事告诉爸爸。如果爸爸去找贾德理论,只能让贾德更加气急败坏,那样也许他的下一个射击目标就会变成贝琪。

那天晚上,我和爸爸妈妈一起看电视,直到很晚。沙发当床有一点好处,那就是我可以和爸爸妈妈一样,晚一点儿睡觉。当然,也不是很晚,因为爸爸一早还要去送信呢。他通常十点钟上床,不过每周六他会推迟到十一点。

在友谊山这个地方,你收不到太多的电视台,除非你自己安装一个卫星接收器。我们家并没有装。所以每到周六的晚上,我们要么一起围着电视,要么就是等我在沙发上铺开毯子准备入睡,爸爸妈妈就到厨房去聊天儿。

最近爸爸提到要卖掉几十亩土地,筹钱再盖一间房子——一个新的卧室。我喜欢这个主意,因为这样我就可以住他们原来的那个房间了。不过目前看来,打算在我们这里安家的人都已经安顿下来了,所以没人对我们家的土地感兴趣。

我躺在沙发上,憧憬着拥有自己的房间。喜乐和我,我们一起住进独立的卧室,那多美啊!今天夜里不知喜乐会不会嗅到野兔的踪迹,也许这会儿它正跟那只黑色拉布拉多猎犬一起搜索呢。爸爸妈妈睡觉去了,我听着房子里的各种声响:冰箱、热水器发出的嗡嗡声和滴答声,大约十一点半才睡着。我梦到了那幅海底世界的拼图,想弄明白那拼图里是不是像大卫说的那样,真有山脉和山谷。

突然,我听到一声巨响。

一声可怕的巨响,即使你睡得很沉,它也会把你惊醒,

121

喜乐季

让你感觉心跳会骤然停止。你分不清眼睛是睁开了还是闭着,反正一片漆黑。

什么也看不见,耳边先是一声巨响,然后是连续的撞击声。

恐惧让你胸口作痛。你都能听见自己剧烈的心跳。你几乎无法呼吸。难道是有人破门而入?

接着,传来一个更让人心惊胆战的声音。

喜乐。

第十四章　恶人的劫难

难道在夜半时分,喜乐又被德国牧羊犬袭击?我可不能承受悲剧重演。可喜乐现在并没被关在围栏里,它可以跑呀!

声音又响了起来,是喜乐的叫声,尖厉刺耳的狗吠。它不停地叫着。

狩猎喜乐季?

我从沙发上跳了起来。

这时,爸爸和妈妈也醒了,从楼上跑到客厅来。我飞奔过去打开门廊处的灯,真希望看到我的狗垂着耳朵睡在那里。可它并不在那里。但是它就在附近,我有感觉。

"怎么了?"妈妈问,她正匆匆地把一只胳膊伸进睡袍的袖子里。

"我不知道。"我边说边把脚塞进鞋子里,"我得去找

喜乐。"

"等等,"爸爸说,"我陪你一起去。"

妈妈取来手电筒递给我。她的头发松散地垂着,睡意蒙眬的眼神中透露出她的惊慌失措。

又传来喜乐的叫声。我浑身冰凉。难道它中毒了?但是那声音不像是求救的哀鸣,不是愤怒的号叫,也不是警示主人的吠叫——也许是三种声音的混合,听上去更像是在述说什么。

爸爸从卧室出来,他在睡裤外面套上了外裤,我俩都穿上了外套。

"要小心哪。"妈妈说。

我们沿着车道出发,没两秒钟我就开始跑起来了,爸爸紧跟在我旁边。

"你听到刚才的声音了吗?那声巨响?"我问爸爸。

爸爸点点头,"说不好是什么声音。我想可能是雷声,有一阵滚滚的轰鸣。你的狗不怕暴风雨,是吧?"

"我没看见暴风雨吓到过它。这会儿也可能是有人在打猎。"我说。

天空中布满乌云。当月亮破云而出时,我们看得一清二楚,我们的车道上没有什么异常。但是手电筒的光束照到了喜乐。

它站在公路上,夹着尾巴,一副做了坏事的样子。

我跑过去,弯下身子。

"喜乐!"我大声喊着它的名字,"你受伤了吗?"

它的喉咙又发出那种声音。我的心脏几乎停止跳动,这一晚第二次有这种感觉了。我伸手摸它的头和耳朵,然后是全身,查看有没有伤口。我又摸摸它的腿和爪子,也没发现骨折的地方。它也没有口吐白沫什么的。

它一直朝右方看,于是爸爸的手电筒往那个方向照去。

我看见光束下有个什么东西——小小的,好像是只负鼠。我们走过去想看个究竟。喜乐跟随我们往前走了几步,然后停住了。

我们走到桥下公路上的那个坑洞处,我看清了刚才光束照到的那个东西,原来是个旧消音器,不知是从谁的车上掉下来的。仅此而已。

"没发现别的什么东西啊。"爸爸说。

喜乐停在那里,一动不动,不再往前走。

我拿手电筒在公路和桥上四下里扫过,发现野草丛倒向一边,像是被蒸汽压路机碾过似的。草丛里有什么东西,我们走过去看。那是消音器的剩余部分。我的手电筒照到河岸底部,我们看见了贾德的卡车,侧翻在那里。

"哦,不!"爸爸倒吸了一口冷气。

我们连滚带爬地下了河岸。从机油和汽油的味道可以

喜乐季

判断，这起事故刚刚发生，引擎还是烫的。刚才我们听到的巨响是贾德的卡车撞到了坑洞，然后一路翻滚到河岸底部发出的声音。

我紧随爸爸爬过一座小丘，以前我和大卫就是在这里寻找神秘洞穴的。实话实说，当时我在想，如果贾德死了，那我们之间的问题就彻底解决了,再也不用担心他到我家的领地里来打猎,不必担心哪天晚上他喝醉了酒开车撞向喜乐,也不用担心他会把我当射击的靶子。

可当这样的念头钻进我的脑海,我立马警觉地提醒自己:"不,上帝,我不是真这么想的。"

如果上帝从你的嘴唇听到一种祈祷,而又从你的心里听到另外一种,那他究竟会信哪个呢?这真是个问题。

我们到了河岸底部,爸爸从我手里抓过手电照向卡车。从车身下面驾驶室的位置露出一条腿来,一动不动。

我手脚着地趴了下来,往驾驶室里看。爸爸在我身边弯下腰来,用手电筒从前面的挡风窗往里照。

我看见贾德头冲下、四脚朝天地卡在方向盘和车门之间。一股浓烈的酒味扑面而来。

爸爸打开朝上一面的车门,屈身倾向车厢内部,摸索着贾德的腰部。

"摸到了,还有脉搏!"他说。

紧接着,他绕到车身的另一侧,使劲推卡车,看能不能推得动。"看见那截老树桩了吗?"他说,"拖到这儿来,马提,把它垫到靠近贾德的这边。如果我们撬不动卡车的话,贾德的腿恐怕就保不住了。"

他又使劲推卡车,我把树桩粗壮的一端嵌到下面。我猜刚才车身翻滚的时候车门一定被撞开了。

喜乐季

"你火速回家,打电话叫急救车。"他对我说,"动作要快,马提。然后通知墨菲医生,以防急救队不能及时赶来。告诉墨菲医生贾德还活着,但是已经昏迷了。"

我一阵风似的往回跑,喜乐紧随着我。它一直都在公路上等候我们,没有下河岸来。但是这会儿它看上去十分开心,大概以为我们现在做的事跟跑步比赛差不多吧。

我边跑边想:难道是贾德看见喜乐在公路上小跑,就想要把它撞倒?他加足油门,可能就在那时撞到了坑洞?

当然这只是猜测。我所知道的是,如果喜乐没把我们吵醒,也许我会以为那声巨响就是雷声,然后继续陷入梦乡。如果贾德得救,那全要归功于喜乐。

妈妈站在纱门前。黛拉琳在她旁边揉着眼睛,一脸的不情愿。

"马提?"妈妈喊我。

我不顾自己都快上气不接下气了,大声朝妈妈喊:"是贾德!他的卡车掉到桥边的河岸下了。得打电话叫急救车,再打给墨菲医生。"

妈妈又帮我找来一个手电筒。我在路口一直等到墨菲医生的车缓缓开过来,他正在找合适的停车地点。

墨菲医生来到桥边。他也没来得及换掉宽松的睡裤,上身是件睡袍,背着他的黑色医生包。我领他下了河岸,穿过杂草和灌木,来到贾德的事故卡车那里。爸爸已经把车门打开了。医生尽力倾斜身体用听诊器给贾德诊断,又拿过手电筒检查贾德的眼睛。

"依我看,他应该受了内伤。"医生说,"我没法儿爬进去做近距离检查,怕给他再带来什么损伤……"

就在这时,我们听见远远地传来救护车的警笛声。我爬上岸去接应他们,让他们看到我们的位置。这时我发现喜乐这次并没跟我来,它待在家里,应该是跟妈妈和黛拉琳在一起。

然后,灯光,叫喊声,汽车的马达声,让这个宁静的夜晚沸腾起来。救援人员抬着担架下了河岸,对讲机哇啦哇啦响个不停。泛光灯照到我、爸爸还有医生,我们全都一身睡衣打扮,但谁也顾不上介意这个。

贾德的卡车被小心地扶正了。他们把贾德的脖子和后背用夹板保护好,然后用担架把他抬上了河岸。我听见贾德张开嘴,含混地呻吟了几声。他好像说了点什么,不过我能听清的只有一个咒骂的词。

"这才像贾德·崔佛斯说的话。"其中一个救援人员说。三分钟后,救护车向姊妹谷的医院进发了。

喜乐季

第十五章　贾德的身世

"他是不是死了？"

我们刚回到家，黛拉琳张嘴第一句就问。

"他没有死，只是昏迷了。"爸爸回答，并且把事情经过讲给他们听。

"卡车怎么办？"妈妈问。

"惠兰氏修车行明天会派拖车来。"

"雷，你看他伤势严重吗？"

"恐怕是的。我告诉你吧，他的一条腿断了。"

"有没有露出骨头呀？"黛拉琳问。看看，我这个兴趣怪异的妹妹。

"我所知道的就是卡车翻车的时候砸到了他的腿。"爸爸说。

黛拉琳黏着我们，想听到更多血腥的细节，最后才不情愿地拖着步子上床睡觉去了。而贝琪嘛,当然一直都酣睡不醒。

妈妈和爸爸在厨房里又谈了一会儿话,然后也关灯上床睡了。我躺在沙发上,在漆黑一片中睁着眼睛。我正在和耶稣对话呢,当然都是我自己在说话。这一分钟我希望上帝在听,而下一分钟我又希望他没听到。

"祝他早日康复吧!"我说。我觉得我应该这样想,我们应该为受伤的人祈祷。

而转念我又在心里说,可别让他的腿完全康复,这样他就不能再打猎了。

能不能要求上帝仅仅让他恢复到某种程度啊?唉,这算什么祈祷?!

第二天,一辆拖车从惠兰氏开来,人们都站在旁边围观。这是一个周日的早晨,所以消息还没传得太远。爸爸、我和黛拉琳都过来观看。爸爸过来是查看一下,确保草丛中没有落下贾德的物品。最后,贾德的卡车又上了公路,被吊运到贾德工作的修车行去了。卡车没有贾德摔得那么惨。我敢说他当时一准没系安全带。

吃完午饭,爸爸开车送我到大卫家。大卫正在屋外的门廊上,我一看见他就跑了过去,"你听说发生的重大新闻了吗?"

看他的表情,他还不知道这事。"什么?"他说。

喜乐季

"你还记得桥侧的那个大坑洞吗?"

"它坍陷了吗?"大卫惊呼。

"不是,你知道贾德的卡车吗?"

"掉进去啦?"

"不是,大卫,让我告诉你吧!贾德昨晚又醉酒驾车,他的卡车撞到了大坑洞,然后失控了。"

接着我又讲,警官是如何判断这卡车先是撞向了桥,然后翻滚掉下了河岸。贾德就在车里。

"哇——啊!"大卫拖着腔调,就像空气从袋子中慢慢挤出来似的。

我们进了屋,把这事告诉了他的爸爸妈妈。霍华先生给他的报社打电话,确认他们是否已经得知这起事件。

我和大卫一起拼那幅太平洋海底的拼图。虽然有霍华夫人的帮助,我们还是花了两小时才拼好。拿起我们的成果一看,满眼深深浅浅的线条,那是航线和地界划分线,看上去貌似蓝色粗麻布;图上印满了地名:加拉帕戈斯群岛、琉球海槽、阿拉斯加湾……唉,我本来以为在海底世界有鱼和沉没的海盗珍宝箱,而不是什么航线。

但是霍华夫人很激动,她指着地图上的马里亚纳海沟说:"那是地球上最深的海底峡谷了,大约有一万一千米深呢。"

我想象着向海洋深处走一万一千米是个什么感觉。妈妈的爷爷曾经在煤矿工作,但是他也没深入地面之下一万一千米过呀,可能也就六千米吧,这就够吓人的了。

爸爸本应该四点钟来接我,但是他快四点半才来。我不介意,因为霍华夫人给我们做了南瓜派,爸爸来得晚,我就可以再吃一块了。

等我上了吉普车,爸爸说:"我不是有意迟到的。我开去医院看望贾德,耽搁了一会儿,医生说想跟我谈谈。"

"他说了什么?"

"他想知道贾德在这儿是否有什么亲戚,而我想不出来有谁。"

"他怎么样了?"

"昨晚医生给他做了手术。就像墨菲医生说的,他有些内伤:脾脏破裂,几根肋骨断裂,左腿有两处骨折,还有锁骨骨折,颅骨骨折……不过,他的状况还比较稳定。"

"那他会活下来吗?"我的声音听上去一定不怎么开心。

"我想是的。但是他要想回去工作还需要相当长的一段时间。"

"那他还能打猎吗?"我问。

"那我就不知道了,儿子。"

我觉得我得说出来了。

"爸爸,我有些事要告诉你。"我咽了一下口水说道。

喜乐季

爸爸注视着我,然后把车停到了路边,熄了火。他一言不发,只是坐在那儿仔细打量着我。

我深深地吸了一口气,把发生的所有事情都告诉了他。我告诉他我是如何威胁贾德的——除非他把喜乐给我,否则我会向狩猎检察官举报他非法狩猎。一五一十地讲完这件事,我又告诉了他那天我和喜乐在墨菲医生家附近的路边,贾德朝我们开了一枪的事。

爸爸没想到会有这样的事。当你讲了两个故事,你爸爸会揪住更可怕的那一个不放。

"他朝你开枪?马提?"他说,"他朝你开枪,而你竟然没告诉我?!"他激动起来,完全忽略了我威胁贾德的事,"你为什么没告诉我?"

"因为我觉得说出来也于事无补,只能让你生气,让贾德更生气。我当时决定我不再到马路上去玩了,直到这事摆平。"

爸爸仰头向后,闭上了眼睛。

"马提,"过了好一会儿爸爸才说,"我有时太固执了,脾气又火爆。但是你不能把这样的事再瞒着我了。有人朝我的孩子开了枪,我得知道。我要你给我保证……"

"我保证!"还没等他眨眼,我就迫不及待地说。

爸爸再次发动引擎,对我威胁贾德的事只字没提。我觉得轻松多了,终于都说出来了。我甚至想吹口哨。不过我想到在医院里的那个人,浑身有一半骨头都骨折了,现在吹口哨好像有点儿不合时宜,尽管我不喜欢他。

这件事成了周一校车上的热门话题。大家都在谈论着,每个人都给这个故事添油加醋。

"你听说贾德的事了吗?"迈克尔说,"他开车从桥上坠落,掉到河里去了。"

"脑袋开了花。"弗雷德·奈尔斯说。

萨拉·彼得斯说,贾德的狗跟着他掉进水里,都淹死了。等校车到达学校门前的时候,我们已经把贾德和他的狗一起给埋葬到坟墓里去了。现在我明白真相和流言之间的区别了。

泰尔伯特小姐费了半天劲想要从这神乎其神的故事中弄明白到底发生了什么。因为我是唯一真正亲眼看到贾德困在车里受伤的情景的,所以她采纳了我的版本,还说我们可以再读一读报纸上的报道。

然后她提议我们六年级的同学一起给贾德制作一张卡片,以表达对他的慰问。外来的人搬到我们这里居住,他们总希望会给这个地方带来些好的改变。这没什么不好,只是泰尔伯特小姐不知道长久以来我们对贾德的痛恨。

教室里鸦雀无声,只听见迈克尔的肚子咕咕叫。事实上,这么做是很好,可是没一个人心甘情愿在慰问卡片上

喜乐季

签名。

泰尔伯特小姐立刻就觉察出了这其中的问题。她说，英语是一种奇妙的语言，我们可以用足够多的单词来表达我们想说的任何事情。而且如果你不想以一种方式表达的话，你还可以用另一种方式来表达。

"所以我们可以在卡片上写些由衷而又有益的话。写什么好呢？"她问。

"我们愿你早日康复？"萨拉说。但是大家都摇头，没有人希望没过多久就看到他又在路上醉酒驾车。

"对你的遭遇我们深感难过？"大卫说。

可事实是我们真的不觉得难过。没别的事能比这件事更能阻止贾德搞破坏的了——撞翻别人家的信箱，倒车撞倒别人家的篱笆，更何况他还差点儿撞到喜乐。

最后我举起了手。"就写'早日康复'。怎么样？"我说。

我们投票通过。这样的措辞听上去更像是一个命令，而不是一个希望。

泰尔伯特小姐找来一大张图画纸，对折成两半。在朝外的一面，她用大大的绿色字母写下"早日康复"；在里面的那半页上，我们依次用不同颜色的彩笔签下自己的名字。

有的女孩在自己名字末尾画上了几朵小花。弗雷德·奈尔斯画了一架飞机，画得根本不像。轮到我的时候，我突发奇想,做了一件事,但是现在看来是正确的,我写下了两个名字:马提和喜乐。

贾德出院回家的时候,已经是落叶纷飞的季节了。万圣节来了又去了。(万圣节晚会我化装成了一个比萨饼,大卫扮成了一罐番茄酱。)贾德那条黑白相间的狗并没有得狂犬病,但是县里说什么时候贾德能好好照看自己的狗,再把这条狗还给他。

贾德的左邻右舍负责照顾他剩余的那两条狗。还有一位邻居开着锄草机替他的院子锄草。惠兰氏修车行修好了他的卡车,把车泊在他的门前,等他身体好了,随时可以开。大家似乎都淡忘了以往跟贾德之间的隔阂。

是爸爸开车把贾德从医院接回了家。妈妈提前一天去采购,为他买了两大袋日用品。他们扶着贾德进了屋。

爸爸后来告诉我们,这期间贾德几乎没说一个字。他只是直勾勾地目视前方。当然他的脖子上套了个支架,腿上绑了一块旧石膏板。他的身体既不能左转也不能右转,因为他受伤的肋骨还没长好。

"你有没有告诉贾德是我们发现他受伤的?"我问。

"是的,"爸爸说,"但是看上去这对他没什么触动。好像什么都触动不了他。"

周六,我到墨菲医生那里,替他清扫庭院里的落叶。他

喜乐季

问贾德的情况如何。

"妈妈说有一位护士每周来护理两次。"我告诉他。

医生摇着头说:"有些人厄运不断,可他们自己对此束手无策;而有些人厄运不断完全是咎由自取。我看贾德的厄运兼而有之。"

在我看来他完全是咎由自取。于是我好奇地问:"有哪些是他自己也束手无策的呢?"

"出生在那样一个家庭,这是他无法选择的。"医生说。

"你认识他的家人?"

"我知道他的父母就住在中岛溪对岸,离这儿几千米远的地方。我从我的病人那里听到一些事。他们讲的内容很相似,我想这里必定有真实的成分。至少有一部分是真的。"

"他们都说什么了?"

"大多是说老崔佛斯爱揍他的孩子们。他们不守规矩时,他就会用皮带惩罚他们,而且是用有皮带扣的那一端。想想吧。邻居们说有时在公路的另一头都听得到孩子们的哭喊声。有一两次,有人报了警,但事态并没什么好转。"

"后来他们都怎么样了?他们都去哪儿了?"

"他家大多数孩子一长大就离家出走了,也有的孩子后来搬出去了,要么就是结婚了。贾德是家中最小的一个。当其他孩子都走了,气恼的老崔佛斯对贾德就更变本加厉了。后来他家发生了一场火灾,整个房子烧得就像一把火炬。崔佛斯太太死了,贾德逃了出来,老崔佛斯也得以逃生。但是他两周之后由于心脏病突发而去世了。打那之后,贾德就搬到这边,住进了租来的简易房,一直到现在。据我所知,他没有过女朋友,甚至连一个朋友都没有。他孤身一

人，只有那几条狗陪着他，而他从不善待他的狗，它们也算不上是他的朋友。"

"没有得到过善待的人应该想要善待他的狗呀！"我说。

"他得学会什么是善待，马提。这跟你学系鞋带是一个道理。"医生说，"没有人教过贾德怎样善待别人。"

我思考了许久。贾德在我心目中仍然是那个暴力的大人，而不是挨打的小孩。似乎我还没想清楚：这不是个二选一的贾德，而是二合一的贾德。

那天下午，爸爸送信回来，我问他我们要不要去探望贾德。

"我想我们还是别去了，马提。"他说，"最近我把邮件给他送到门口，这样他就不必费力下台阶去取了。每次我都拍拍他的门，想问问他怎么样了。我可以确定他在家，但他从来没有回答过。邻居们说他对大家都是这样冷漠。"

"你说他现在是不是戒酒了呢？"

"对此我抱有怀疑。但愿我是错的。都说一个人不撞南墙不回头。如果这次事故还不算是贾德的南墙，我真不愿意往下想，不知还会发生什么才能让他觉悟。"

我十分好奇，贾德每天早晨照镜子的时候，能接受镜子里的那个自己吗？他从不想要温顺的狗，也不能忍受自己的卡车凹下去一块或者被剐花车漆，可是现在，他要面对的是一个鼻青脸肿、满身伤痕、伤筋动骨的自己。我偶然听几个人说起,贾德没准儿有开枪自杀的想法。万一他真自杀了,我会是什么心情?

我不知道会不会难过,因为一旦他康复了,我们以前遇到的麻烦就都回来了。贾德本性难移,甚至会更加凶狠卑劣。

喜乐季

第十六章 喜乐的拜访

不过第二天,在我的提议下,爸爸还是开车和我去了贾德家。车开过公路,停在他的简易房门口。这次没有一群猎狗狂叫着迎接我们,反而有点儿不适应。

屋外十一月的秋阳洒在中岛溪上,而屋里却是一个卑劣而潦倒的可怜男人。别人已经帮他修剪了院子里的杂草。冬天临近,这应该是今年最后一次修剪草坪了。他的窗帘紧闭,仿佛生怕一丝阳光钻进房间让他振作起来。

我们穿过公路,踏上贾德家木板铺成的便道。简易房的门开了,贾德站在那儿,腿上绑着大块石膏板,手里拿着猎枪。

"你们想干什么,雷·普雷斯顿?"他大声喊,脖子上还套着支架。

我们的身体僵住了。"马提和我从这儿路过,想跟你打个招呼。"爸爸大声回答。

"好,但是我不需要别人来打什么招呼。"贾德说。他的枪口没有对着我们,但是也没有收起来。

"你还需要什么日用品吗,贾德?要我帮你捎些什么吗?"

"什么也不要。"

"哦……好的。我们很关心你。大家都是。"

贾德似笑非笑,那笑容微弱得几乎都不能被称作是笑。然后他又关上了门。

"好了吧,儿子?"爸爸说,"看来拜访也就到此为止了。"

我内心深处不愿只是到此为止。如果善良是可以学习的,那贾德还得再上几次课。如果我们放弃尝试,贾德今后还有可能伤害喜乐。到那时我会是什么心情?

一回到家,我就对妈妈说:"妈妈,我们每天给贾德送信时,捎些东西放在他家的台阶上,这样会不会缓解我们之间的关系?给他送些吃的怎么样?"

"我认为这是个好主意,马提。"妈妈说,"今天早晨我烤面包时也在想,是不是可以送一些给他。"

于是,这天傍晚,我包了一条长面包给贾德。第二天,爸爸出门送信时带上了面包,把它放在了贾德家的门口。

但是周二,爸爸回来说,周一放在那儿的面包纹丝没

喜乐季

动。贾德拿走了他的信件,把面包留在了门外。你知道我怎么看吗?贾德不是在对这个世界生气,他是在生自己的气。也许他不想从普雷斯顿家得到什么照顾,因为他不知道如何回报,这可能也算部分原因。但我敢打赌,像他这么穷困潦倒的人,会觉得自己没有权利享用那个面包。

"这次你把我给贾德包的鸡肉放在哪儿了?"我问爸爸。

"就放在面包的旁边。"爸爸告诉我。

好的,我想,就像约翰·柯林斯医生说的那样,要坚持,要有耐心,总会等到他饿的时候。

周三,爸爸说面包和鸡肉都没影儿了。当然也可能被贾德扔掉了。不过有些时候我们还是要多尝试。

我问爸爸:"他平常会收到什么样的邮件?"

"多是些杂志。《枪支与弹药》、《射击世界》等等,还有垃圾邮件和账单。"

"他有没有收到过书信?"

"我印象中从来没有。"

在贾德家门口放食物的一周之后,我决定附上一张便条,塞在包扎食物的橡皮筋处。

上个月有一回,一只蜜蜂撵着喜乐跑。你没看到,真遗憾。喜乐一边逃,一边回头张望,结果它扎进了灌木丛。想想,蜜蜂要是把它撵进中溪岛会是一番什么情景?呵呵。我猜一定是喜乐的鼻子凑近蜂巢惹来了麻烦。以后它会学聪明吧。

马提

事实上不是只有我们一家给贾德送吃的,听说他的邻居们时不时会把烘焙好的菜和蛋糕放在他家门口。这些食物似乎也都消失不见了。所以我们判断贾德要么就是吃了,要么就是把食物埋起来了。

我们都很好奇:贾德从不出来开门,也从不对大家说谢谢,只是坐在屋子里,整天拉着窗帘,他在想些什么?他心里是什么感受?我想他是坐在那里痛恨他自己吧。如果他继续这样对待别人,他知道自己会失掉工作,然后失去一切——简易房、狗,还有枪……

墨菲医生告诉我,据他所知贾德恢复得挺好。当然这指的是他的身体。他那条受伤的腿还需要一段时间才能痊愈,不过去照料他的护士说他已经比以前强多了,可以四处走动了。

我回忆起第一次看见喜乐时的情景:它蜷缩在灌木丛中,由于害怕,它止不住地浑身发抖。它甚至都不让我抚摸它,就那样卧在地上。那时它对周围的人没有任何信任。

再想想贾德的另外两只狗——被铁链拴着,一有人或

喜乐季

物靠近就十分恐惧。它们担心会遭到袭击,所以它们狂叫咆哮,这是自卫的一种表现。

现在,贾德把自己封闭在简易房内。我想,我们的爱会逐渐地温暖他,让他体会到什么是善良。他接受了我们留给他的食物。这算是个好的开端。

给贾德写便条,我唯一能想到的就是说说关于喜乐的事。回顾过去,我们俩共同关心的话题就是喜乐了,尽管我认为我和他关心喜乐的方式截然不同。

我在便条里告诉他,我们在兽医那儿给喜乐称重了,喜乐长胖了。还有我们不该给喜乐喂餐桌上的剩饭,应该给它买营养均衡的狗粮,这样它会长得更加健康。我告诉他,我们看见喜乐对一只鼹鼠穷追不舍,逗得我们笑弯了腰。喜乐也会刨土掘洞,不过动作再快也赶不上鼹鼠,鼹鼠把它甩在后面,更胜一筹。凡是喜乐做过的逗人发笑的事,我都一一写在了纸上。我想既然没人给他写信,那他应该对收到的唯一的来信感兴趣吧。

贾德简易房的百叶窗帘拉开了。还没有人看见他在窗前露脸,不过看来他忍不住也要看看外面的世界了。

终于有一天,我发现自己写给贾德的那些字条都是些无足轻重的话,绕来绕去,都没写到关键的事。其实我最想告诉贾德的是,这只小狗,这只曾经被他踢过、骂过、饿过的小狗,曾经那么惧怕他以至于不愿跨上通往他家的那座桥的小狗,那天夜里在公路上遇到了他的卡车。我至今也没搞清是贾德喝醉了酒误撞上了坑洞,还是故意要去撞一路小跑的喜乐。

不管怎样,在他摔下河岸、被卡车压得动弹不得的那个生死垂危的夜晚,只有我们家离现场最近,喜乐本来可以悄无声息地溜回家,那贾德就很有可能车毁人亡,恐怕等第二天天亮才会被人发现,甚至有可能不会被人发现。

但是,尽管喜乐不敢靠近可怕的贾德,它还是不离不弃地站在离贾德三十米以外的地方,开始大声地叫,直到把我们都叫醒。我没指望贾德会感激涕零,我在信里写道。喜乐也没想得到什么奖赏。贾德也不必来赞扬我的狗。我只是想让他明白,那个夜晚不是爸爸和我救了他的命,真正的功臣是喜乐。

我把这张字条塞在包好的葡萄干面包卷的橡皮筋下,第二天下午爸爸会送到贾德门口的台阶上。

一天过去了,两天过去了……

一个周五的下午,等爸爸下班回家,我对他说:"我想去看看贾德·崔佛斯。"

"马提,你又不是不知道,"爸爸说,"上次他是如何对待我们的。你想他这次就会让你进门吗?"

"不知道,就是想再试试看。"我说,"我不愿再跟贾德对着干,也不愿再为喜乐的安危提心吊胆了。"

喜乐季

"好吧,上车吧。赶紧出发,不能再晚了。"爸爸说。

"等一下,我要带样东西。"我说。我折回门廊,喜乐正卧在那儿,快乐得如同玫瑰花蕾上的一只小甲虫。我把它抱在怀里。

"我们出门去拜访一个人。"我说。

喜乐舔舔我的脸。

我钻进了吉普车。不过我没有像以往那样自己坐后座,把喜乐放在爸爸旁边的副驾驶座位上。这次我把喜乐放在我的腿上,系好安全带。

爸爸有点儿不解地看着我说:"你确定要带上喜乐吗,儿子?"

喜乐扭着身子转向车窗,把头伸出车窗,爸爸发动了引擎。

"我们很快就回来。"我朝妈妈喊。她和女孩们都穿着外套,正在棚屋那边摘黑胡桃。

喜乐探出身子,一只爪子搭在车窗边缘。越是看它开心的模样,我心里越嘀咕:我这么做合适吗?

喜乐的快乐只持续了一小会儿,等我们开出车道的尽头,爸爸向右打方向盘,它就从车窗缩了回来,眼巴巴地瞅着我。

我摸了摸它的头。

"没事的,喜乐。"我说着抱紧了它。因为担心一会儿过桥的时候它会从车窗跳出去,自己跑回家,我摇上了车窗。毕竟也有点儿凉意。

爸爸娴熟地绕过那个坑洞,上了桥。桥上的木板被卡车压得咯咯作响。喜乐缩在我的腿上,大气不敢出。

"没事的。"我又一次安慰它。

它舔了舔我的手。

等我们过了桥,再朝右拐,喜乐开始叫起来。它的喉咙里发出一种高亢却柔弱的叫声。我轻抚着它的后背。我记起第一次把喜乐带回家时,爸爸让我把它归还给它合法的主人。(不管怎么说那也是它的主人。)那时它也像现在这样,紧紧伏在我腿上。

我真想让它明白这次与上次截然不同。我绝不会把它给贾德,哪怕拿全世界的钱财来交换,我也绝不会把它借给贾德。我们只是去拜访他一下,仅此而已。但是喜乐搞不懂这些,它的记忆里还保留着上次送它回来时发生的事:当我放它下了吉普车,贾德踢了它,之后还把它关进棚屋,几天都不给它喂食。

我咽了咽口水。我听到我的狗呜咽着,感觉到它的身体在颤抖。我犹豫了:带喜乐来这里是不是有点儿不妥?

到贾德家了。爸爸把车停在中岛溪边。喜乐这会儿哀鸣着,蜷缩在我两腿间,爪子简直就像生了根一样牢牢地抓着我不放。

喜乐季

我们下了车,我把喜乐抱在怀里。

"我不会让你难过的,"我对喜乐说,"你永远都是我的,我向你保证。"

它又舔了舔我的脸。

我们穿过公路,走上木板铺成的便道,来到贾德的简易房前,拾级而上。

爸爸敲了敲门,喜乐没有吵闹,但是一个劲儿往我怀里钻。估计它认为只要自己不发出什么声响,贾德就不会注意到它。

没有人出来开门。我知道贾德在家,因为我能听到电视机开着。

爸爸又敲了敲门。

电视机被关掉了。然后就再也没有动静。

"贾德。"爸爸喊他的名字,"我们来看看你。"

还是没有人回答。我想这也许是个信号,我应该转身离开,回家去。贾德可能正在拿他的猎枪。他会认为要不是因为这只狗,他也不会开始酗酒;如果他没开始酗酒,他也不会撞到那个坑洞;如果没有撞到那个坑洞,他也不会摔断了腿。

门开了,但只是"吱呀"一声开了一条缝。

"你们想干什么?"是贾德的声音。

喜乐剧烈地颤抖,抖得我都快抱不住它了。

"带了一位朋友来看望你。"爸爸心平气和地说,往旁边挪了一步。我走上前去,这样贾德就可以从门缝中看清我了。

他没有说话,门也没有关上。喜乐自打成为我的狗,长高了,长胖了,皮毛也光滑油亮。但是这会儿,它一个劲儿往我怀里钻,就像是个胆怯的小狗崽。

"我们来看望你一下。"我得清楚地让他知道我没打算把狗还给他。

双方随后的沉默让气氛显得有点儿尴尬。贾德把门开大了一点儿。"好吧,进来坐一下吧。"他说。我有生以来头一次看到他脸上有愧疚的神色。

这也是我头一次走进贾德的简易房。屋里有一股强烈的味道,闻起来就像是堆满了垃圾或是没洗的臭袜子。

我发现他的脖子没套支架,不过他走起路来还是动作僵硬,腿上仍旧绑着石膏板。

他弯下腰,把沙发上的几本杂志丢到地板上,说:"坐吧,如果你们愿意的话。"他自己在沙发边上的直背椅上坐下来,把骨折的腿伸到前面。

我紧紧地搂着喜乐,希望给它传递一个信息,那就是,我不会松手放它走的。但是它仍然在发抖。这时就算它在我的腿上小便失禁,都不足为奇。

"真高兴看到你能下地走动了。"爸爸说。我俩并肩坐

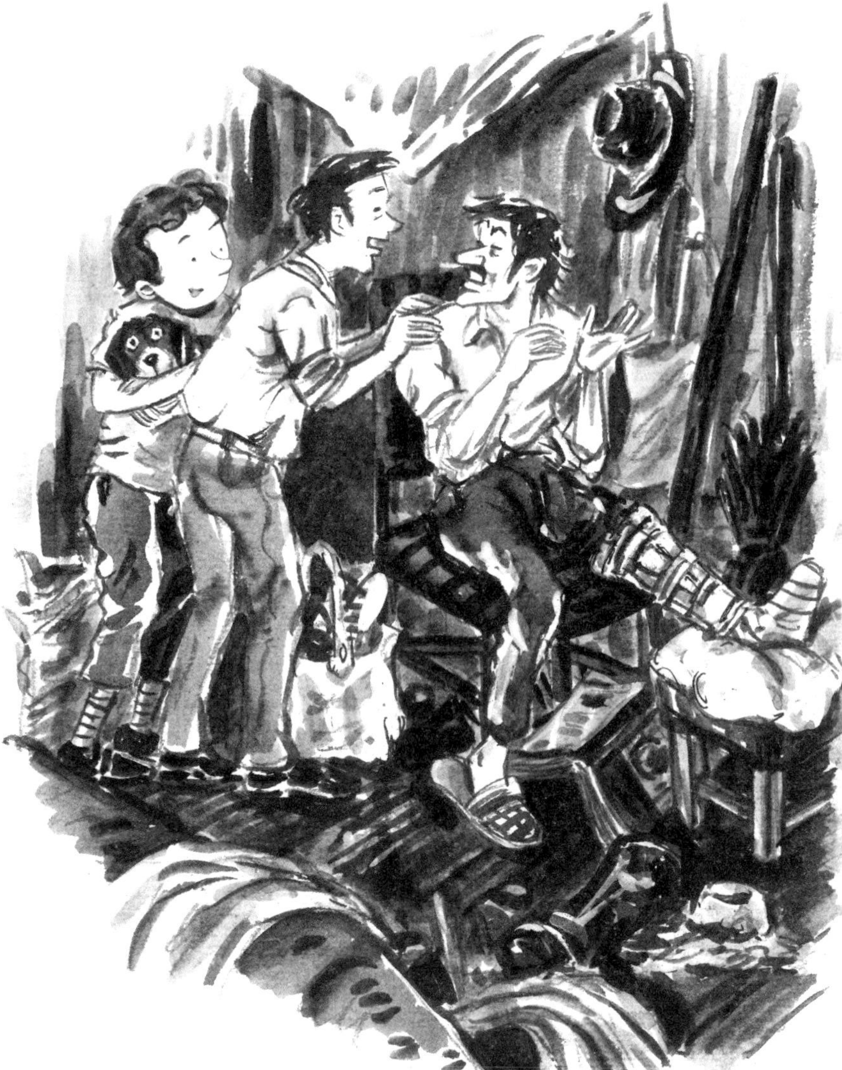

在沙发上。"你的身体恢复得都好吧？"

"还好。"贾德说。他的声音很低沉，但他的眼睛一直盯着喜乐。

我不知道此时此刻他做何感想，面对这只因受了惊吓而发抖的狗蜷缩在我的腿上，安静柔弱得像一片树叶，他是不是在回想过去的日子——他没有善待它，它一次次地离家出走。

"那么，是它发现的我？"贾德说。

"是的。"我对他说，"它一个劲儿地叫，直到我们走出房子，发现了你的卡车。"

我讲述着，同时，我的手一遍一遍摩挲着喜乐头顶顺滑的毛发，轻轻地挠着它的耳根，再从它的后背抚过。贾德看着我们。

"我想它还记得我吧。"贾德说。

我没有回答。看看喜乐颤抖的身体，这还用说吗？

贾德的身体前倾了一点儿，我看见他的手在动。他慢慢地伸出手，喜乐见状浑身一激灵。我能感觉到，它往后缩，试图避开贾德的触摸。我吞了一下口水。

但贾德还是学我的样子，把手指轻轻放在喜乐的头顶，然后，开始抚摸我的狗。

我看我的喜乐最初都僵住了，吓得不敢呼吸。我知道，它现在最想做的事就是赶快逃离，以免被留下来。

喜乐季

我原以为贾德会摸它几下就移开手,可他没有。他一个劲儿地抚摸喜乐的头,这似乎让他找到了他想要的某种感觉。渐渐地,我觉察到喜乐的身体不那么紧张了,它的腿放松了下来。

喜乐一动不动地挺着脊背,看着前方。贾德的抚摸动作不再笨拙,变得顺畅多了。他的手掌往下,抚摸喜乐的鼻子;然后又慢慢往上,抚摸喜乐的脑门;接着他的手指又停在喜乐的耳根后面,轻轻地给它搔痒。

我瞟了一眼贾德,好像在那一刻,他的眼睛是湿润的。我再低头看看我的狗,它很合作,大概是不想让贾德难堪。

喜乐,你知不知道我永远不会离你而去?你明不明白这只是一次拜访,你永远是属于我的?我想,此刻它非常清楚这一点,因为当贾德的手指再一次抚摸它的前额,喜乐——这是它有生以来第一次对贾德这么做——很有礼貌地伸出舌头,舔了舔他的手。